ジョルジュ
サンドとショパン
ブレヒト・オペラ

斎藤 憐

而立書房

目次

装幀・神田昇和

――ドラマリーディング with ピアノコンサート

ジョルジュ

サンドとショパン

■登場人物

ジョルジュ
ミッシェル

I

M―1　24の前奏曲　op.28より第21番変ロ長調

時計が三つ鳴る。

ミッシェル役の俳優がやってきて、ランプに火をつける。

ポケットから手紙を取り出す。

ジョルジュ　一八三五年四月十二日。愛するミッシェル。私はあなたの乗った馬車が朝霧の石畳の上を走って行った昔の記憶の中で独りぼっちで怯えています。昨夜のことを、ジョルジュ・サンドなどと男名前を名乗り、スキャンダルにこと欠かない女の浮き名の一つにすぎないとあなたに思われるとしたら……。私が興味を持ったのは、あなたが三年前の四月、パリとリヨンで暴動を起こして告訴された百四十六人の労働者の弁護を引き受けられたことでした。それから私個人はあなたのお陰で夫との別居を勝ち取り、結婚と同時に夫の所有になっていたノアンの家を取り戻すことができました。でも、今日からの私にとってのあなたは顧問弁護士ではありません。今、十五の娘が初めて恋をしたように、机に座っても原稿に手がつかないのです。あなたのオーロール。

ミッシェル　小説『レリア』を読んで、どうしてもその作者に会いたくなったのがあなたと知り合うきっかけでした。世間はあなたの描いた濡れ場が生々しすぎると非難しましたが、僕は逆にレリアの愛があまりに個人的で社会性がないとあなたを非難しました。
そして、社会に対する無関心から抜け出さなくてはならない。さもなければいっそ自分の右手を切り落とし、書くことをやめるべきだと言いました。弁護士なんてやくざな商売だ。道楽息子たちの遺産の取り合いやら、私生児を作った男の後始末やらに忙殺されて評判の小説『アンディアナ』さえ読む時間もなかったのだからね。でも、もし読んでいたら、「結婚制度は女を奴隷にする」というあなたの過激な主張に怖れをなして、あなたのいる場所から百メートル以内には近づかなかっただろう。明晩七時に行けると思うが、マケラ河岸十九番地にはまさか虎が爪を研いでいるのではないだろうね。

ジョルジュ　同志ミッシェルに、愛していますを十回。このパリにも共和主義者はたくさんいます。彼らは人間は本来平等であると語ります。でも、彼らの言う人間とは男性のこと、女性は人間とは認められていないのです。しかし、あなたはちがいます。五月革命の敗北について討議するときも、ベッドの中でも、私を一人の人間として扱ってくださいました。土曜日の夜はいかがですか。ご都合が悪いなら、あなたの幻影を頭の中から追っ払い、朝までインク壺にペンを浸しましょう。

ミッシェル　素敵なオーロール。せっかくお招きいただいたのに、僕はこれから、あくどい雇い主と闘った被告たちのためにリヨンに行かなければならない。来週の火曜日パリに帰りましたら、夕暮れのカサギのように飛んで行きます。それはそうと、今週の日曜日のマリー・ダグー伯爵夫人の夜会で、ポーランドから来たピアニストの演奏がありますが、ご一緒しませんか。ピアニストの名前は、フレデリック・ショパン。彼は二年前、祖国ポーランドがロシア軍の総攻撃に遭い、ワルシャワが陥落した報せをシュトットガルトで聞き、「おお、神よ！　目にあまるロシア人の犯罪を懲らしめてはくださらないのですか？　それともあなた自身がロシア人なのですか？」と叫んで、叩きつけるように『革命』という曲を書いたと聞いています。

M―2　12の練習曲　op.10より第12番ハ短調「革命」

ジョルジュ　ダグー伯爵夫人の夜会に誘ってくれた友に感謝します。フランツ・リストとロベルト・シューマンはショパンの演奏を絶賛していました。でも、あなた方は彼の出身地がポーランドだということで色眼鏡をかけていらっしゃるのではないでしょうか。つまり、ポーランド人にしてはよくやってるって。いろいろお話ししたいことがありますが、小説『モーブラ』を書き上げないと、出版社のフランソワ・ビュロがセーヌ川に身を投げることになりますので。

ミッシェル　セーヌ川に身を投げるのは、ビュロではなく、哀れな弁護士のほうではありませんか。オーロール。僕はあなたの手紙に偽りの匂いを嗅ぎつけています。ちがいますか？　あなたにこれまでに捨てられた恋人たち、小説家のジュール・サンドー、劇作家のメリメ、詩人のミュッセ、文学者のシャルル・ディディエと同じ運命を、僕もたどっているような気がしてなりません。僕の心配が杞憂に過ぎないことを祈って。

ジョルジュ　親愛なるミッシェル。三文小説家の出来の悪いフィクションを見破ってしまうあなたは、明晰な弁護士です。正直に申し上げます。私とマリーはあのポーランドから来たピアニストにお熱を上げています。あの素晴らしいエチュード集をわずか二十歳の年に書いたなんて……。もう一度、彼の音楽に遊ぶ機会を作ってくださると嬉しいのですが。あなたを愛するオーロール。

ミッシェル　あの夜、演奏が終わったあと僕が話しかけても、あなたは心ここにあらずといった風情なので、あの不幸なポーランド人を気に入ってくださったことを知りました。そして、あの繊細な青年が僕の恋敵になるのではないかと心配しましたが、聞いてみると彼には祖国に言い交わしたマリア・ヴォジンスカヤという十七歳の許嫁がいるのだと聞いて安心しました。

ジョルジュ　あのピアノの詩人の許嫁なんて、私にはどうでもいいことです。四十年前の革命のときに勝ち取った離婚制度は、王政復古でカトリックが国教になると、またもとに戻ってしまったのですもの。再び革命を起こさない限り、私は誰とも結婚できないのです。ショパン氏に、崇拝しておりますとお伝えくださいい。

ミッシェル　ポーランドからの亡命ピアニストは、巨匠ドラクロワに、「あの人は本当に女なんですか」と聞いたそうだよ。東ヨーロッパからパリに出て来たばかりの青年の前に、男装して葉巻をくゆらして登場するんだもの、びっくりするさ。あなたは、ショパンに「私はあなたを熱愛してます」なんてカードを送ったそうだね。まだ知り合ってもいないのに、それも女性のほうからそんな大胆な振る舞いをされたことに面食らったようだよ。お願いだから、あの繊細で傷つきやすい音楽家を弄ばないでもらいたい。

ジョルジュ　ミッシェル。殿方だけに、恋してしまった相手を口説く権利があるなんて、ナポレオン憲法の何条にございますの？　私が男の格好をしていると世間は非難しますが、退屈な夫と別れてパリに出てきた私には、裾や袖口に飾り紐のついたドレスを一日に何回も着替えるなんてお金がなかったのです。ルイ十六世が断頭台に送られてから、殿方たちは飾りのついた衣装をゴミ箱に放り込みました。仕事をする男性たちは、ゴテゴテ飾りのついたファッションを捨てて着心地のいい活動的な着物に着替えたのです。ところが、殿方の愛玩物になりたい女たちは、未だにウェストと胸を強調するためのきついコルセットで自分を縛りつけているのです。私は予言します。世の中の女たちが自分自身の人生を持ちたいと思うような時代がくれば、女たちは愛玩用の衣装を脱ぎ捨てるでしょう。

M－3　3つのマズルカ　op.56より第2番ハ短調

ミッシェル　愛するオーロール。昨夜、僕たちは六時間もいっしょにいたのだろうか。君の、女性が着ているドレスを脱ぎ捨てるべきだという主張も魅力的だが、実際に着物を脱ぎ捨てたベッドの中の君のほうがもっと魅力的で、僕は時間を失ってしまった。男性も女性も同じ人間であると僕も思うけれど、僕は神様が丸い乳房やお尻を女性に与えたもうたことに感謝した。もし、この世が男ばかりになったら、僕は明日にでもセーヌ川へ飛び込むでしょう。

ジョルジュ　親愛なるフランス一の名弁護士。来週、私はあなたが夫から取り返してくれたノアンの館に帰ります。私は二人の子供の母親でもあるのですから。フランツ・リストに手紙を書きました。ぜひ、ヒバリと鶯の鳴くノアンに遊びに来るように。そして私が賛美してやまないあのピアノの詩人を連れて来るようにって。

ミッシェル　訴訟沙汰が絶えないパリに僕を置いて田舎に行ってしまうのかい。牛や馬たちには別居とか遺産相続とかがないから、僕は人間がうようよしているパリを離れられない。それはそうと、ショパンのあの透き通った青い顔は、胸の病のせいでもあるらしい。彼をノアンに呼ぶのはよしたほうがいい。君の可愛い二人の子供さんにもし病気がうつったらどうするんです。次の金曜日に、マルリア伯爵夫人の夜会にショパンが来るから、あなた一人でパリに出ていらっしゃい。

ジョルジュ　愛するミッシェル。もう私に何を言っても駄目。私はあのピアニストが欲しいのです。あんなほっそりとした指先からあんな華麗なリズムが生まれるなんて奇蹟です。私はピアノの上にかがみ込んで、あの瞳を覗き込みました。そして、確信しました。神がショパンを私に与えたもうたのだと。あなたも知ってのとおり、私は恋をするとほかのものが見えなくなります。私はあの繊細な指先を思って溜息ばかりついています。ミッシェル、あなたがまだ私を愛しているなら、助けてください。彼を征服するのはイギリスを占領するより難しい気がします。ジョルジュ。

ミッシェル　君に世間が放った罵詈雑言を僕も投げつけよう。淫乱女、浮気者、売女、色情狂。それから男としての威厳を保って、君の顧問弁護士であり、この国を共和国とする同志であり、そして君の男友だちの一人になろう。しかし、我が友、我が同志よ。僕には戦いに勝利したナポレオンの戦略が思いつかない。ショパンがノアンへの招待を受けなかったのは、ポーランドに婚約者を残して来ているからだ。ポーランドを去るとき、彼が書いたエチュード「別れの曲」を聞けば、ショパンの思いがまだロシア占領下のワルシャワにあることがわかるだろう。

M―4　12の練習曲　op.10より第3番ホ短調「別れの曲」

ミッシェル　素敵なオーロール。久しぶりのパリはどうです。キュスティーヌ伯爵の夜会に、男装ではなく優雅なドレス姿で現れたあなたを見て、ショパンがあなたの心を奪ったことを知りました。僕はあの夜、あなたが白いドレスの上に締めていた真紅のサッシュを見逃していません。ロシアに滅ぼされたポーランド国旗の白と赤だ！　ナポレオンはモスクワを陥らせなかったが、小説家は見事な演出で音楽家の心を征服した。あなたが帰った後、あの純情な音楽家は僕にこう言ったよ。「あの女性は男勝りな外見とは裏腹な細やかな心遣いをしてくれる人なんだな」って。この悪女め。ついにあなたは純朴な二十七歳の青年を生け捕りにしたな。

ジョルジュ　ミッシェル、助けて。愛している人の幸福が、私の力を必要としているなら、自分のことなど最後に考えるようにと、あなたが命じるならば私はそれに従います。あのピアノの天使を愛しているポーランドの女性。その人は彼を幸せにできる人ですか。彼の苦悩や悲しみを一層増す女性ですか？　芸術家の安らぎと幸福のために、彼が諦めなければならないのは二人の女のどっちのほうだと思われますか。もしその女性がショパンに落ち着きと平穏を与えることができるのなら、私は彼の視界から消えましょう。だってあのピアノの詩人は、神がこの世のみんなに授けられた方なのですから。思い出のあの夜、私たちはしばしの間、別の世界へ旅に出ました。けれども、天国の炎が燃え尽き空をよぎる旅が終わったとき、私たちは地上に再び降りて来なければなりません。不幸な鳥である私たちの巣は地上にあるのです。ミッシェル。生真面目な彼が、二人の女性を二つの異なったやり方で愛することができないなら、また折々の季節に一週間だけ私と過ごすことが、彼の残りの日々の心の平安を妨げるのでしたら、私は身を引きましょう。しかし、彼がその女性と築く家庭の幸せが、甘美な詩情あふれるひとときと両立することが可能であるなら、私は天使ショパンのピアノの下でしばしの時間を過ごしたいのです。

ミッシェル　オーロール。君は自分が言っていることがわかっているのかい。君の申し出は、フランス語の正確な用法によれば、ショパンはあのポーランドのお嬢さんと結婚し、君はショパンの情婦で我慢すると言っているんだよ。きちがい沙汰だ。君は言う。あの音楽家は神が我らに与えた天才なのだと。だとしたら、小説家ジョルジュ・サンドも神が人類に与えたもうた作家だ。その君が、一人の駆け出しのピアニストに季節ごとに一週間いっしょにいてくれたらというのかい。僕は聡明なあなたが、秋までには熱病から立ち直ることを願っている。

ジョルジュ　法廷で検事と怒鳴りあってばかりいて、ついに音楽を聴く耳を失った哀れな弁護士さん。今夜、ショパンの家で夜会を催します。詩人のハインリッヒ・ハイネもあなたが看板絵描きと呼んでいるドラクロワも来ます。ショパンがフランツ・リストに捧げた二番目のエチュードについて、リストはこんなことを言っています。「右手は終始十二個の八連音符、左手は六個の四分三連音符という難しさだ。これは練習曲なんかじゃない。忘れがたい感銘。僕は魅惑され、幼な子の夢の中を彷徨っている」と。

ミッシェル　僕はショパンはもっと若くて清純でやせっぽちの乙女が好みだと思っていた。それが八歳年上の成熟した女、と言えば聞こえはいいが星の数ほどのアバンチュールと悪い噂にまみれた君を、あの気弱な芸術家は、まるで聖女のごとくに崇めているんだぜ。奴は言う。「あの人がこの僕を愛してくれている。ジョルジュ……なんと魅力的な名前だろう」てね。君のどこに、そんな健気さが、あの慎しみ深いショパンのどこに、あんな情熱が潜んでいたんだろう。そのうえ、彼とマリア・ヴォジンスカヤの婚約は破棄されたという君には吉報、僕には訃報をフランツ・リストが伝えてくれた。

M－5　バラード　第3番変イ長調 op. 47

ジョルジュ　一八三七年七月二十六日。ミッシェル。男女の間で慎しみ深いということは美徳でしょうか。私たちが二人だけになると、ショピネはまるでお坊さんのように自然な欲望に臆病になり、思い切って誘惑したら赤くなるんです。「そんなことをすると二人の美しい思い出が汚されてしまう」なんて。気高い人間にとって、ただ肉欲だけの愛がありましょうか。自由な男女にとって、ただ精神だけの愛がありましょうか。この宇宙の中のもっとも気高い行為を卑しいものとした女性たちはギロチン台へ載せるべきです。神から与えられたあの奇蹟を、卑しい肉欲として軽蔑し、精神と肉体を切り離す考えが、この世に修道院と売春宿を作り出したのです。

ミッシェル　フランツ・リストは君が見るもの聞くものすべてを海綿のように吸収してしまうと言っていたが、ついにショパンをさえ食べてしまうんですね。人生という舞台の上で、僕ぐらい報いられない苦労をさせられる人間もいないでしょう。恋敵に向かって、君を抱き君に抱かれることがいかに楽しく、そして崇高な行為なんだと説得しなければならないとは。

ジョルジュ　ミッシェル。へぼ絵描きのドラクロワが、一枚のカンバスに私とショパンの至福の時を永遠にとどめてくれました。ピアノに向かうショパンと、その傍らで音楽に酔いしれている私。ショピネはこれまで一度も女の心臓の鼓動を自分の心臓にじかに感じたことがなかったのでしょう。自分の欲望を気づきたくなかった彼は、婚約者に対して宗教的とも言える憧れを持っていたに過ぎないの。彼は初めて人間の精神は肉体の中にあることを知ったのです。

ミッシェル　あなたがショセ＝ダンタン通りのアパルトマンに出入りしていることを嗅ぎつけたパリ雀たちは、こう言ってるよ。ヨーロッパ一スキャンダラスな女流作家が、社交界の寵児ではあるが控えめで品行方正なピアニストを征服したと。ショパンは昨夜僕に、こんなパリにはいたくないと呟きました。パリの社交界が天才の神経を逆撫でしています。しかし、パリを離れるということは、彼の重要な収入の道である十五人のピアノの生徒と、彼がそのタッチと音色に唯一満足しているプレイエルのピアノと別れるということです。

ジョルジュ　ミッシェル、私は二人の子供とショピネを連れて、太陽の国マヨルカ島に行きます。マヨルカでの私の任務はパリで精神をズタズタにされたショピネの看護婦、家政婦、料理人です。そして、ミッシェル、私の天使が「銀色の少しヴェールのかかった響き」がするというプレイエルのピアニーノをマヨルカに運ぶ算段をつけるのがあなたの任務です。

ミッシェル　だいたい、マヨルカなんて島に、ショパンの音楽を聴く聴衆がいるのかい。ショパンがあの小さな手で鍵盤の三分の一を覆うのはどうしてか、奴の指はゴムでできているのではないかと、リストは感嘆している。パリにはショパンの演奏会を心待ちにしている聴衆がわんさといるんだよ。

ジョルジュ　ショパンがパリのサロンでご婦人方の喝采を浴びるために時を過ごすなんて、才能の浪費です。ロスチャイルド男爵夫人のレッスン料が一時間金貨二十フランだとしても。ショパンは社交界の伊達男として、ドートルモン洋装店の薄い灰色のフロックコート、三重に巻いた絹のネクタイ、エナメルの靴、繻子の裏地のマントを着るために、一日にレッスンを五つもこなしていたのです。それでも、シャルダン゠ウビガン香水店、靴屋のラップ、フェドー帽子店の請求書が溜まるのです。そしてもう一つ。彼の演奏を聴いたリストは、「演奏会では、聴衆を煽動し打ちのめす必要がある。それはショパンには向いていない」と言っています。つまり、私はショパンは演奏家の道をやめて、ピアノの詩人として生きるべきだと考えているのです。

ミッシェル　胸を病んでいるショパンと、リウマチに苦しんでいる息子モーリスを連れて、内戦に揺れるスペインに行くなんてどういうつもりだ。バルセロナまで馬車と船で二週間、マヨルカまで船で十八時間もかかるんだよ。

ジョルジュ　ショパンの咳が止まらないのは、パリの冬の気候と夜ごとの夜会のせいなの。ゴベール先生は「新鮮な空気と暖かい日の光と休息を与えるなら、もう少し生きながらえるかもしれない」とおっしゃるのです。でも、マヨルカに行くには、お金をつくらなくてはなりません。あなたの助力が必要です。

ミッシェル　出版社のピエール・ルルーは「君の読者が次の作品を待ち望んでいる」と言ってきてます。一方、ピアノ屋のプレイエルは、ショパンが作曲をはじめている『プレリュード』の前払いに五百フランを約束しました。僕は版権を譲るから二千フラン寄こせと言ったのですが、あの狸親爺は今のショパンの状態ではいつ完成するかわからないと突っぱねてきました。プレイエルはショパンがシンフォニーや、オペラを書けばもっと稼げるのにと言っています。

ジョルジュ　ミッシェル。二人の子供と小間使いのアメリーと小説の資料のつまった馬鹿でかい三つのトランク、そして島での生活に必要な六個の袋を満載した乗り合い馬車は、シャロンまで三日を要しました。ここからは舟でソーヌ河を下り、リヨンに向かいます。『スピリディオン』の最後の部分をお送りするのはニームからになります。プレイエルはショパンのことをなにも解っていないのです。彼がシンフォニーやオペラを書かないのは、たくさんの楽器や和声を釣り合わせるための音楽家の規則が、彼の詩を殺してしまうからです。自分自身の心の奥底に糸を垂らして、たとえば英雄的な心情とそこからの逃避、すなわち自らの感受性を語るためにはピアノという楽器しかないのです。地中海の島にピアノを送ってください。

ミッシェル　君の天使は、出発前にお別れ演奏会を開きました。できたばかりのポロネーズは力強さと霊感に満ちたものでした。そしてポーランドの祈りの曲を弾き、最後に葬送行進曲を演奏しました。私は、遠いマヨルカへ旅立つショパンの心の内を思い、涙が出ました。口さがないパリ雀たちは、ショパンが吸血鬼に摑まって地獄へ旅立つなんてひどいことを言っています。プレイエルから千二百フランで買った小さなピアノは送りました。人の恋路のためにパリの街を駆け回っている哀れな男のこともたまには思い出してくれ。

ジョルジュ　私のショピネはバラ色の頬をして元気溌剌、マドリッドへ到着。なんという幸せでしょう。彼が私と一緒に、ここスペインの太陽の下にいるのです。バルセローナから蒸気船でマヨルカのパルマ港に到着。ショピネの快適な住まいを見つけようと、私は十代の娘のように島中を走り回っています。もし、私ジョルジュ・サンドをあなたの愛する作家たちの片隅に置いてくださるなら、フランス製のインクを送ってください。島のピアノを借りましたが、彼の心を慰めるどころかいらいらさせています。それでも天使はプレリュードを書いています。私は小説をでっち上げる代わりに料理を作り、羽毛を買い入れて眠れぬショパンのために羽枕を作っています。

ミッシェル　君が南国の太陽のもと、二人の子供と愛するものと過ごしているのに、僕は今日も不在地主の権利を守るなんて仕事で冬のパリに留まっている。神が不公平なのは、この世に金持ちと貧しい者を造りたもうたばかりではない。この世に愛される者と、人の幸せを手助けする役割の者とを生んだことだ。ああ、僕の人生が足音を立てて過ぎていくような気がする。『プレリュード』の版権、千五百フランを送ります。二曲の『ポロネーズ』のフランス、イギリス、ドイツの版権が千五百フランある。音楽を聴いても腹はふくれないが、音楽家は腹が減る。そこが問題だ。アンドレ・ジードはショパンの音楽にこう言っています。「ショパンは提案し、仮定し、暗示をかけ、人々を魅惑させる。しかし、ほとんど断言しない。彼の音楽の中に彼が語らなかったもの、言い落としたものを聴き取ることが大切なのだ」。

M―6　24の前奏曲　op.28より第8番嬰ヘ短調

ジョルジュ　一八三八年九月十七日。パルマから馬車で八時間登ったカトゥジオ修道院に、愛の住処《すみか》を見つけました。山の空気は澄み、海は水平線で真っ青。先週、私は天使と夜更けのマヨルカで船遊びをしました。舟の船頭さんが夜っぴいて歌う鄙びた舟唄を、ショピネは飽きることなく聴き入っていました。そして、私の心をときめかす音の重なりの蜃気楼の中に溶けていくのです。瞬間に湧いた幻想、時には気まぐれすらが自由奔放に音楽を創り出します。

ミッシェル　リストの愛人だったマリー・ダグーは、君とショパンが半年で別れるだろうと言った。曰く、ショパンは何事にも慎重でウジウジしている。それに対して、君は決断が早く行動力に富んでいるが、思慮深くない。ショパンは環境に対する適応力がないが、君はどんな状況にも適応できるたくましい生活力を備えている。ショパンは貴族趣味で洗練されているが、サンドは庶民的で贅沢をせずに暮らせる。男と女というものは、自分に欠如したものを補いながら生きるのが最上なのかもしれないね。

ジョルジュ　ミッシェル、ありがとう。プレイエルのピアニーノが届きました。スペインの税関は、千二百フランのピアノになんと税金七百フランを要求し、パルマの港に三週間留め置かれ、言い争いに疲れた私は四百フランを支払いピアノを救け出しました。ショピネの喜びようったら、春に牧場に出してもらった仔馬のようです。ショピネは言います。気分がよくないときは、僕はエラール社のピアノを弾く。エラールのピアノは探している音を見つけやすいからだ。反対に体調がよく、自分の中に新たな響きを見つけようとする体力があるときは、プレイエルのピアノを弾く。

ミッシェル オーロール。君の天使はだいぶ弱っているのじゃないか。彼からの手紙に次のようなくだりがあった。「今度のポロネーズがうまそうに見える毒キノコだとしても、僕にはどうしようもない。僕は、これまで一度も人の役に立ったことがなかった」。ショパンの音楽によって慰められている人々がいることを彼に伝えて欲しい。バラードを送られたロベルト・シューマンは感激していたと天使に伝えてください。君は南の島で、まだ料理女をやっているのかい。

ジョルジュ 次の小説で、私はカトリックに代わる新しい宗教のことを書こうと思っています。私は息子のモーリスと娘のソランジュの家庭教師が、無知で保守的なことに気づき自分で教えようと決心しました。そしてピエール・ルルーの百科全書を読み、ルソーやモンテスキューの思想に出合いました。神の前に万人が平等であり、幸せになると語るキリスト教よりも、この世に神の国を作ろうとするユートピアに夢中です。ショピネと子供たちがベッドへ入った後、あなたが送ってくださったディドロの最初の二巻を学んでいます。

ミッシェル 『スピリディオン』の第五部を受け取り、雑誌『両世界評論』のビュロ氏に届けました。あなたのおっしゃる新しい宗教とは、社会主義のことなのですね。家政婦をやりながら、朝方まで自分の読者のために物語を書くあなたの頑張りに脱帽です。一方、君の献身によって出来上がったショパンの楽譜を受け取ったプレイエルは、すぐに送金すると言っているから安心してください。来る一八三九年が恋人たちにとってよい年になりますように。

ジョルジュ 椰子の木や湖のような海、すばらしい眺めの渓谷、純朴な住民。スペインのすべてが私を満足させてくれています。二人の子供たちは昼は原色の緑の中で飛び跳ね、夜は死んだように眠ります。それから作曲に疲れたショピネと海からの風の中に寄り添い、至福の時を過ごします。それからが私の時間で、私の小説を待ってくれている読者に向けてフクロウと友だちになりながら仕事をします。

ミッシェル　永遠の友人、オーロール。あなたは僕になにかを隠していませんか。あなたが書いてくるマヨルカの風景とショパンが送って来る音楽が似つかわしくないのです。不吉な音の連続がなにかを叫んでいます。僕は、あなた方の身の上に何が起こっているか分からず不安です。手紙に書けないような事情があるのですか。オーロール、僕には、秘密を持たないで。

ジョルジュ　一八三九年一月二十八日。その日、体調のよかったショピネに留守を頼みモーリスと私はパルマまで買い物に出ました。帰り道に豪雨になり、十五キロの道を六時間かかって洪水の中を帰りました。御者には置き去りにされ、ずぶ濡れになって帰り着いたのは夜更けでした。ショパンは涙を流しながら素晴らしいプレリュードを弾いていました。私たちが入っていくと、彼は奇声を発して立ち上がり、「ああ、僕はあんたたちが死んだのをちゃんと知っていたんだ」と不思議な声で言いました。どうやら、帰りを待っている間に私たちが危険に巻き込まれている光景が浮かんで、夢と現実の境がなくなったようです。それで、ピアノを弾いて気を落ち着かせようとし、音楽的幻想の中に遊ぶうち、湖の中で溺れているのが自分になって、重い氷のような水滴が胸の上に規則的に落ちてきたと言いました。芸術家はあまりにも傷つきやすく、毛皮をはがされた肌は外界に敏感すぎ、岩山の上を飛ぶ鷲の鳴き声は飢えに苦しむ嘆きに聞こえるのです。そして、マヨルカの冬の長雨が屋根を叩く音が、死へ向かって歩んでいるように聞こえたのです。私たちは、休息が必要です。

M—7　24の前奏曲　op.28より第15番変ニ長調「雨だれ」

ジョルジュ　ミッシェル。やっとマルセイユに脱出できました。スペインの治安警察の検閲にさらされると思うと三か月間、この国の悪口は何も書けませんでした。ここでは、考える権利ばかりか、歩いたり、呼吸したり、見たり聞いたりする権利さえありません。そんな国で私の天使は血を吐き、島の二人の医者は四十五フランという途方もない診察料を要求した揚げ句、大したことはないと申しました。三番目に来た医師は、やっと肺結核と診断しましたがなんの治療もしないばかりか、病名を村長に報告したので、病人の使用した寝具や衣類、家具をすべて火にくべなければなりませんでした。医者たちは天使を見放し、彼の看病は私ひとりにゆだねられたのです。私は彼のためにあらゆる欲望を棄てました。唯一の救いは看護の合間に少しずつ書き貯めた新しい小説『レリア』がもう少しで完成することです。

ジョルジュ　日曜日にミサに行かず金曜日に肉を食べる私たちは、あの島で回教徒のように扱われました。村の人々はわずかな野菜と果物を信じがたい値段で私たちに分けてくださるのです。「あの肺病やみは、教会に行って肺病だって罪を告白しねえから、地獄に落ちるでよ」と聞こえよがしに言うので、ついにマヨルカから脱出する決意をしたのです。誰も病人を運ぶ馬車を貸してくれず、スプリングもついていない荷車で十五キロの道を降り、パルマに着いたとたん彼はまた血を吐きました。結核患者は下級の船室に入れられ、またボウルに何杯もの血を吐きました。バルセロナ港にフランスの軍艦メレアーグル号が停泊しているのを見つけ、艀の船頭に手紙を託すと、フランス人の船医がショパンを診察してくださったのです。スペインから送った新作『レリア』の改訂稿、届きましたか。一刻も早く出版社に届けてください。今、病人とその家族に必要なのは尽きることのない愛情とお金なのです。

ジョルジュ　このマルセーユでは、年増女に騙された天才ピアニストを一目見ようという連中の人だかりで、ショパンの死亡通知を方々に送ろうとさえ考えたほどでした。ところがショピネは、イタリアに行きたいと言い出しました。坊やはイタリア・オペラ、特にロッシーニが大好きで、マルセイユまで来ているのだからジェノバは目と鼻の先だと言うのです。イタリアに行った後、私のふるさとのノアンに坊やを連れていきます。お願いがあります。プレイエルのピアノを送ってくださいませんか。マヨルカではあの子は玩具のようなピアニーノしか与えられていませんでした。田舎の空気に触れて元気になるに違いないピアニストに、グランドピアノをぜひ。思いがけない贈り物にあの子がどんなに喜ぶか見たいので、この奇襲作戦を秘密にしてくださるよう。

ミッシェル　一八三九年五月三十日。ジョルジュ・サンド様。プレイエルのピアノの代金、小説『レリア』の印税で支払ってよろしいでしょうか。

ジョルジュ　白っちゃけた南国アルルから馬車で一週間、ローヌ川を北上するにつれ緑が深さを増し、五月の優しいお日様の下、ノアンに着きました。梅やサクランボ、梨やナナカマドの果樹園、葡萄畑の続く豊かなノアン。門に馬車が横づけされると、犬たちは大喜びで吼えたて、使用人たちがショピネを抱きかかえてくれました。ノアンの風景はポーランドの田舎を思い出させるとショパンは言っています。ショパンは天使です。彼の親切と優しさと忍耐強さがときどき私を悩まします。重苦しく雑駁なこの世に生きるには、あまりにも繊細すぎます。マヨルカで死線を彷徨いながらあの子は天上の音楽を書きました。彼にとっては自分の生も死も意味がないのでしょう。

ジョルジュ　私の幼友だちのギュスターヴ・パペ博士に、ショピネを診察してもらいました。博士の診断では彼は結核ではなく、慢性の喉頭炎で、食事療法と安静とノアンの空気で直るとのこと。温浴と湿布を毎日、新鮮な牛乳と土の上を走り回っている鶏を食べている天使は少しずつ仕事を始め、やっと自分の足で立てるようになりました。体力の恢復とともに気力も恢復し、今も庭で私の小犬と戯れています。初夏を迎え、夕食は戸外で取り、私のためにピアノを弾いてくれます。それから、子供たちと同じ時間にベッドに入ります。私はショパンの部屋に続く階段の赤い蔓バラの下でこの手紙を書いています。

ミッシェル　ジュルジュ・サンド様。咳止めのシロップ二月分、鉄道馬車で送った。代金のこと心配せぬよう。

ジョルジュ　ショピネの書いた短調のマズルカは、ポーランドに伝わるチビのユダヤ人が酒に酔って気が強くなり喧嘩をふっかけたという笑い話を題材にしています。そして、ショピネ自身がその滑稽なユダヤ人のパントマイムをしてみなを笑わせます。年取ったイギリス女やオーストリア皇帝の物まねを見た俳優のボカージュは「なんで彼は音楽の道に迷い込んでしまったのか残念だ。彼は一流の俳優になる素質を持っているのに」と言っています。

ミッシェル　ジョルジュ・サンド様。小説『レリア』の改訂稿、ビュロ出版に渡しました。秋には出版できるとのこと。アゼリアエリカとガーデニアの種、モンパルナスの花屋で手に入れました。

M―8　24の前奏曲　op.28より第17番変イ長調

ジョルジュ　田舎にやってきた私は、馬のように働き、猫のように徹夜をしています。星空の下では煙草とコーヒーで眠気を退治し、『スピリディオン』と『レリア』の原稿に手を入れ、新作『ガブリエル』を書き始めています。そして太陽の下では、あなたがパリから送ってくださったアゼリアエリカ、ガーデニアの手入れ。徹夜明けの目には、花たちの白と黄色はまぶしすぎますが……。それから二、三時間、私は馬に乗り、まだ氷のように冷たい川で泳ぎます。

ジョルジュ　私は子供のときから音楽家になりたくて、ピアノとギターを習いました。私たち小説家は、社会について、人が生きる意味について、そして音楽についてだって書くことができます。でも、ショパンは、この世の意味を持たない音を重ねて価値に変えてしまうのです。恋愛について書くことより、実際に恋をすることのほうがずっと素晴らしいことです。音楽の解説を読むより、音楽を聴くことのほうがずっと素敵なことです。

（M―8　終了）

ミッシェル　一八四〇年七月三日。あなたはドラクロワを「ノアンに来れば玉突きもできるし、第一、お金も使わず楽しく暮らせますよ」と誘ったそうですね。そしてドラクロワのためにアトリエを作ったうえに、バルザックまで呼んだそうですね。あなたは自分の芸術を断念して芸術家のパトロンになることを決意したのですか。

ジョルジュ　私はフーリエ主義者のように、一気に農業家族集団を作ろうなんて空想を持ちはしませんが、仲間たちが互いの自由を尊重しながら、かつお互いを刺激しあうような生活の場が作りたいのです。ショパンのような天才には、個人の自由がとても大切です。でも私は人間は人の繋がりの中で生きているのだし、その繋がりが価値だと思えるのです。ミッシェル、ノアンに来てください。ショパンにはここはあまりにも静かすぎ、あまりにも単調で、あまりにも孤独です。パリの社交界の花形だった彼には、あまりにも禁欲的な生活なのでしょうし、彼の健康を心配する私は、口うるさい女中頭か修道院の舎監みたいに厳しいのですから。気の鬱いでいる彼を見るぐらいならどんな犠牲でも払います。どうぞいらして、彼の鬱憤を聞いてやってください。私は散らかった原稿の山、寒さとリューマチの中を泳いでいます。

ジョルジュ　私たち親子とショパンのために、パリに別々にふたつのアパルトマンを探してください。私は十二人以上は呼びませんから、大きな応接間はいりません。ショパンの部屋については、坊やの言い分には気を使わないでください。彼が家賃を倹約するなんて馬鹿げています。男のくせに、お酒も賭けごとも、女も煙草も十分倹約していますから。パリに移る第一の理由は、ショパンには田舎の空気より洗練された文明が必要だから。第二の理由は、モーリスとソランジュの教育のため。そして付け足しに、ノアンの屋敷で女中を務めておりますジョルジュことオーロールは、今年の秋のシーズンに劇作家としてフランス座にデビューするからです。

ミッシェル　一八四一年四月二十日。劇作家ジョルジュ・サンドの誕生にブラボーを十回叫びました。字の読めない多くの民衆に語りかけるには、演劇しかないというあなたの着眼点に賛成です。オーロール。僕はあの天才が編み出す音楽と引き替えに、君が「キャベツや人参の暮らし」をしていることをずっと残念に思っていた。今世紀が生んだ天才作家とバルザックが絶賛したジョルジュ・サンドが復活したことを喜んでいます。昨日、コメディー・フランセーズで、あなたの処女戯曲『コジマ・愛の中の憎悪』のポスターを見ました。芝居を観る前に、どんな物語なのか知る権利が僕にはないのかい。

ジョルジュ　私には、手は二本で頭は一つしかありません。それでノアンの十二人を養うのは容易ではないのです。今回、テアトル・フランセの理事に友人のビュロがなり、芝居を書いて当てれば楽になると勧めてくださったのです。それでノアンの犬と狼の声を聞きながら『コジマ』を書いたのです。ルネッサンス時代のイタリアに生きたコジマは、裕福で優しい夫を持ちながら、貞淑な妻という役割に飽きたらずに、誘惑するオルドニという男に身を任せます。しかし、夫とオルドニの決闘を防ぐために自分の命を絶つのです。

M―9　3つのマズルカ　op.50より第3番嬰ハ短調

ミッシェル　ショパンにはオルレアン広場に、あなたにはパピヤール街のアパルトマンを用意しました。あなたのために、トルコパイプ用のブリキの点火器、イギリス製の吸い取り紙を買いました。

あなたの新しい部屋は緑の装飾品でまとめ、ドラクロワが絵を壁に掛けてくれましたよ。ショパンは、君たちが一緒にいることをパリ雀たちに秘密にしているつもりなのかい。フランツ・リストと別れたマリー・ダクー伯爵夫人があなたとショパンがうまくいっているのが悔しいのか、いろいろゴシップを振りまいています。ショパンがリストのピアノのテクニックに焼きもちを焼いているだとか。

ジョルジュ　リストはショパンのよき理解者です。私は、ともすれば病的なショピネの曲が、リストとその弟子たちによって、力強く次の世代へと受け継がれていくことを願っています。今ショパンは私の部屋の紫檀のピアノを弾いています。ショピネは下男と二人だけの生活が寂しいと、レッスンが終わると我が家にやってきて、だんだんに私のところにいる時間が長くなって、高い家賃を支払っている彼のアパルトマンはレッスン場になってしまいました。

ミッシェル　コメディー・フランセーズはあなたの『コジマ』の上演をたった七回で打ち切りました。それは女性が自覚を持って生きることを嫌う連中、そして妻の姦通の物語に不満な保守的な客がフランス座の初日に押し寄せ、あなたの作品をやじりたおしたからです。君が落ち込んで、もう二度と芝居は書かないなんて言い出さないかと心配しています。

ジョルジュ　私はとても冷静で、陽気でさえあります。作者ががっくり落ち込んで震えていたなんて憶測はまったくの見当違い。反対に演劇がとても面白いものだと気づきました。つまり、小説の読者が私の本を暖炉にくべようが私はそれを見ることができません。罵詈雑言を叩きつけようが活字は知らん顔をしています。しかし、劇場で私は上品ぶった人々の精神がどんなに堕落しているかを観ることができましたし、活字とちがって俳優は彼らのヤジに動揺したのです。すなわち、演劇は客席を含めた見せ物だということです。でも、一八四一年は、最悪の年として暮れていきそうです。ショピネは天使のように私をいたわってくれています。彼の細やかな思いやりがなかったら、私は次の作品を書く勇気を失っていたでしょう。少しずつですが、一人ひとりの人間が大切にされるあるべき社会について勉強をはじめています。

そして大ニュース。ショピネがプレイエルのサロンで三年ぶりに演奏会を開きます。彼のお友だち連中が開け開けと攻め立てたので、とうとう降参したんです。演奏会の予告が公表されないうちに切符は四分の三売れてしまい、もう後には引けなくなりました。私はといえば、優柔不断なショピネが約束を守らざるを得なくなったのをおもしろがって眺めています。彼がいくらでも心配ごとを作り出すので、聴衆のいないところで音の出ないピアノで演奏なさったらって言っております。

ミッシェル　パリ中のすべての芸術家、財界人、音楽愛好家が二十フランもする入場券をみんなで取り合いしていた。パリ中の淑女たちが、アンコールを叫びブラボーの足踏みをし、みながショパンと同時代に生きている奇蹟を感じていました。プレイエル・ホールの鳴りやまぬ拍手の中で、もしあなたがマヨルカからショパンを救出できなかったら、今日という日はないんだと思って僕は涙が止まりませんでした。

ジョルジュ　たった二時間、手を華々しく動かしただけで、パリ中の高貴な芸術愛好家の心を虜にし、拍手を浴びながら六千フランという大金をポケットにねじ込んだショピネ、天使があんな悪党とは知りませんでした。昨年はフランス座に閑古鳥が鳴き、経済的にも追いつめられ、ノアンにみなさんを招待できませんでしたが、今年の夏はぜひ来てください。ショパンは今、嬰ハ短調のプレリュードの三十二分音符と格闘しています。

ミッシェル　あなたの親友だったはずの出版屋ビュロがあなたの新作『オラス』のことで訴訟に持ち込むと言ってきています。前金を支払っているのに、満足する作品がこないと主張しています。あなたはこれまで、大食らいの娘ソランジュのポトフを作り、気弱な息子モーリスの仕立屋でした。ショパンの看護婦を務めながら、飢えた労働者詩人に援助の金を送っています。あなたは自己表現のために詩を書く芸術家ではなく、ノアンに集まるたくさんの芸術家や思想家や彼らの世話をする使用人たちのパン代を稼ぐために小説を書き飛ばしてきました。そろそろ、あなた自身のために創作し、あなた自身のために生きることを考えても誰も君を非難しないと思うよ。

ジョルジュ　お手紙の真意を歯に衣着せず言えば、私はあまりにも粗っぽく小説を書き飛ばしている。物語の展開は行き当たりばったりだし、言葉の選び方も雑だ。解っています。それに引き替え、私のショピネは、霊感によって生まれた曲に何度も推敲を重ね、まるで宝石職人のように磨きをかけます。しかし、ビュロが今度の作品は駄作だと騒いでいるのは別の理由です。反動的な現政府に取り入りたいビュロは、私があの小説に、一八三二年の学生と労働者の虐殺を書いたので困っているのです。「大衆を煽動する小説だ」と非難しています。それはそうと、ショパンが十二月に、パリに行きます。パリのショピネのことを、くれぐれもよろしく。

ミッシェル　オーロール。君はどうしてショパンといっしょにパリに来ない。

ジョルジュ　昨年から今年に続く天候不順と飢饉は、ノアンの農民たちを地獄に落としています。屋敷の庭に大きなテーブルを出して炊き出しを続けましたが、私が一週間で長編小説を書きなぐったぐらいでは追いつきません。だって一か月のパン代だけでも一人十フランもするんです。飢えた農村の子供たちを置いて、パリの夜会に出るわけにはいきません。

ミッシェル　オーロール。君は本当に嘘が下手だ。君がもうショパンの愛人じゃないことぐらい僕にはお見通しだ。君が彼のことを坊やと呼び出したのは、マヨルカで彼が血を吐いてからだ。あのときから君はショパンの恋人から妻になった。そしていつの間にか母親になってしまった。

ジョルジュ　何でもお見通しの恐ろしい弁護士さん。あの子が喀血したときから、私たちのベッドは愛の官能に震える場所ではなくなり、闘病の場と変わりました。人生という劇場では、場面が変われば役割も変わります。私は彼の恋人ジョルジュの役を降りて、オーロール・デュパンという母親役を仰せつかりました。

ミッシェル　君の坊やのアパルトマンでは、主治医ジュルジュ・サンドの指図通り、結核患者が必要とする新鮮な空気のために窓を頻繁に開け、汗を嫌う芸術家のためのお湯が常時用意されています。朝はショコラかカップ一杯のスープ。ポトフと骨つき肉の準備も怠りません。私は、彼に健康を維持するために少しでも食べることを口を酸っぱくして申しておりますが、あなたからの指示通りに、「私が指図に従って見張っている」なんて決してショパンが気づかないように慎重に振る舞っております。

M—10　4つのマズルカ　op.17より第4番イ短調

ミッシェル　あなたはショパンが、ルイ・フィリップ国王の前で御前演奏したとき、このパリで社会主義者たちと、王政を打倒する会議を開いていたと聞きました。あなたは、彼らといっしょに雑誌を創刊するそうですね。

ジョルジュ　ルイ・フィリップの御前にでるなんてまっぴらです。今から十一年前の一八三二年六月、リュクサンブール公園を散歩をしていて、王政反対デモと鎮圧部隊の衝突に出くわしました。数百人が殺され、セーヌ川が血に染まったのです。御前演奏の日、私はドラクロワのところに行ったことになっていますが、本当はパリでトゥーロンの靴職人や石工、織物工たちと会っていました。彼らは私にけっして上手とは言えない彼らの詩を見せ、私は彼らにカトリックの世界観に代わる新しい哲学を語りました。

ミッシェル　君たちが創刊した雑誌に掲載された『オラス』を読んだ批評家たちは、「ジョルジュ・サンドは、社会主義者の弟子になった」と非難しています。このままではあなたは孤立します。いやそれより、あなたの愛するショピネはフランスの特権階級の庇護のもとに生きているという現実を忘れてはいけないよ。

ジョルジュ　私は社会主義者ではありませんが、彼らの「財産とは盗んで手に入れたものだ」という主張は、現在のフランスの労働者がいかに搾取されているかをみれば納得できるものです。私と坊やは、来るべき理想社会についても語り合います。でも、彼にとっての一番の問題は、私のつきあう社会主義者たちがみな男だと言うことです。ノアンの屋敷に人形劇場を作りました。息子のモーリスが物語を考え、私の坊やが音楽をつけ、私が衣装を縫って村の人たちに観せるのです。

ミッシェル　君は嘘をついている。ショパンが元気に仕事をしているだと。家族みんなが生活を楽しんでいるだと？　ショパンの新しい曲を聞けば、ショパンの健康状態は悪く、無気力で暗い気分なことがわかる。昨夜、単身パリに着いたショパンは憔悴しきっていたよ。

短い間。

ミッシェル　悲しい報せです。ショパンの父親ニコラ・ショパンが、ワルシャワで亡くなりました。ショパンは打ちのめされ、食事もできないほどです。それでなくても、この冬は特にパリの寒さが厳しく、ショパンは床についている日が多かった。この六年、ピアノの詩人の世話を見てきたあなたの助けが必要です。彼はそんな中、不思議な魅力の子守歌を書きました。

ジョルジュ　明朝、郵便馬車にてパリに行く。オーロール。

M—11　子守歌　変イ長調 op.57

ジョルジュ　一八四七年は私の生涯で最も辛い年になりました。二十二歳になった息子は、ショパンと自分のどちらかを選べと迫り、十七歳のソランジュは母に対抗してショパンの気を引こうとしています。そして、ショパンは私の古い友だちたちに嫉妬し、自分の部屋に閉じこもってしまうのです。そう、パリの社交界では、優雅で優しくて陽気なあのショパンが病人となったらこれほど面倒な人間に変わるということは、私しか知らないでしょう。むら気で嫉妬深く妄想に満ちています。

ミッシェル　彼の健康を理由に君がショパンを近づけないから、彼は君に恋人ができたと思い込んでいるんじゃないのか。それに、俳優のピエール・ボカージュがノアンに遊びに来たとき、彼が嫉妬のあまり部屋に閉じこもったのは、そもそも君が久しぶりにアバンチュールを楽しんだからだろう。

ジョルジュ　ミッシェル。この十年、私がショパンといっしょにいたのは、いつも人を愛さずにはいられない私が、また別の愛に取り付かれないよう、ショパンの世話をするという牢獄の中に自分を置こうとしたのです。私のショパンへの献身は、一種の宗教的熱狂でした。しかし、彼と十年いっしょに過ごす間に私は四十四歳になりました。そして私の今の興味は、この二年続きの凶作の中で飢えに打ちひしがれているフランスの民衆のことです。それで、私はショパンに別れの手紙を書きました。「さらば我が友、あなたが抱えているすべての病から一刻も早く癒えることを願っています。この九年間、私のすべてを捧げた友情のこの不思議な結末を神に感謝しています。すべてのことを蒸し返すのは意味がありません。あなたがあなたの道を歩み始めることを祝福いたします」。

ミッシェル　会うのが辛いほどショパンは、打ちひしがれています。風邪を引いてレッスンもできず、作曲も手につかないようです。私たちは彼の経済問題を解決するため、演奏会を催すことを計画しています。新装なったプレイエル・ホールを一杯にできれば、彼は半年分のレッスン料を手に入れるでしょう。

ジョルジュ　パリの政治情勢をノアンに逼塞している田舎者にも報せてください。ここノアンからは、今の騒ぎは政治屋たちの権力闘争としか映りません。たとえ誰が大臣になったとしても、彼らが貧しい人々にパンを与えるなんて夢を見ないほうがいいでしょう。くれぐれも争乱に巻き込まれないように。

ミッシェル　僕の天使。パリにはまだ鉄砲もギロチンも登場する状況にはありません。それどころか、昨夜僕は新しくできたプレイエルのサロンで催されたショパンの演奏会に行って来ました。なんという成功、なんという熱狂。ショパンの引き起こしたあの夜の恍惚を語ることはたやすいが、この世のものとは思えないあの演奏の神秘を言葉にすることは難しいのです。王家は四十枚の切符を押さえ、一週間後の二十二日に行われる演奏会に行くとのことです。ショパンは、決別の悲しみに堪えて作曲したポロネーズを発表します。

M―12　ポロネーズ　第7番変イ長調「幻想ポロネーズ」

突然、中断して。

ミッシェル　オーロール！　二月二十二日のショパンの演奏会は、革命の不意打ちで中止されました。二月二十二日、労働者が、街頭に繰り出し、パリは、芸術の都は革命の都に一変しました。労働者、学生、政治亡命者が街路にくりだし、ついに国王ルイ゠フィリップは英国に逃げだしました。臨時政府には、市民たちとともに労働者の代表まで加わっています。われわれの一八四八年は歴史の年になりました。

ジョルジュ　共和国万歳！　パリにはたとえようもない夢、たとえようもない情熱と同時に秩序と品位がみなぎっています。わたしはついにそこに駆けつけました。民衆は偉大で崇高、ナイーブで寛大です。私は幾夜も眠らず、何日も座っていません。みなが気が狂ったよう、酔っぱらっているよう、泥の中で眠って、起きてみると天国にいるように幸せなのです。臨時政府のメンバーの要求、熱い願いは、民衆を代表する人々を国会に送ることなのです。（ミッシェルに向かって）ミッシェル、ポーランドの人たちが反乱を起こしています。ショパンは今どうしていますか。

ミッシェル　オーロール。昨日、四月二十日、ショパンは革命のパリを去ってロンドンに向かった。ロンドンに着いたショパンは、五月二十日、スタッフォード・ハウスでヴィクトリア女王の前で御前演奏をして大成功をおさめたそうです。英国の新聞に、ジョルジュ・サンドが労働者階級出身の若者とつきあっているという意地悪い記事が載っていたと書いてきています。彼はあなたのことが忘れ切れないのです。

ジョルジュ　二か月前、王政が倒れたというのに、ルイ゠フィリップを追ってイギリスへ向かうなんて信じられません。ショパンは、自分の生きている世界が変わろうとしている、変わらなければならないときに、その動きに参加するという精神を持っていないのです。彼はかつてロシアの圧制から逃れてパリに来ました。今度はパリの自由から逃れたのです。

ミッシェル　オーロール。ショパンはこの八年間、親鳥の翼の下で、安心して音楽に没頭していた。しかし、その親鳥は嵐の前触れをきくや突然飛び立ってしまったんだ。彼は書いてきている。僕は草か木のようにぼんやりと、生涯の終わりを待っている。

ジョルジュ　偉大なパリの民衆は大切なものを見つけました。それは公共の広場です。それは自由です。どんな代価を支払っても残さねばならないのは、考え、話し、書く権利です。投票し、代表を選ぶ権利です。私は疲れと短い睡眠にもかかわらず、元気です。肉体的痛み、個人的苦痛は虐げられたものの解放という大義の前に吹き飛びました。ミッシェル、あなたは以前、ショパンの世話をせずに文学に没頭せよと言いました。私は今、再び文学を忘れ、毎日、臨時政府の公式文書を書き殴っています。

全世界の女たちよ。女性の問題と民衆の問題は恐ろしく似ています。女性も民衆も経済的に独立できないこと。双方とも無知で無力で騙されやすいこと。同じように諦めやすく、自分の権利を知らず、そして教育の欠如です。市民たちよ。労働者と手を結ばねばならない。もしも今度の選挙が働く者たちの代表を議会に送ることができなかったら、民衆は再び二月に撤去したバリケードを築き直し、すべてを破壊し、あなた方市民はすべてを失うことになるのです。

ミッシェル　手紙によれば、ロンドンでショパンは苦戦しているらしい。英国の演奏会にやって来る人々は音楽を聞く力がなく、大げさな表現を好むと書いてきています。演奏会をしようにも、五百人収容の大劇場は、とても繊細な音楽をやれる場所ではないと。

ジョルジュ　ショパンは時代の流れがわかってないのです。英国は、市民革命、産業革命の結果、多くの市民が社会の主役として登場したのです。彼らは王侯貴族のような教養は持ち合わせていませんが、次の時代の観客であり読者なのです。これまで音楽家は貴族のお抱え楽士であり、サロンで少数のご婦人たち相手に繊細な歌を奏でていればよかったのです。今、社会の主役になった大勢の市民たちは、劇場を必要としているのです。

M―13　前奏曲　嬰ハ短調 op.45

ジョルジュ　今回の選挙がこの美しいパリを作った労働者たちに勝利を与えなかったら、バリケードを作った民衆にはただ一つの道しか残されていません。彼らは破壊と殺戮の道を選ぶでしょう。二十歳代の私は、一八三〇年の革命の日、セーヌ川が血に染まるのを見ました。死体収容所が一杯になるのを見ました。あまりに恐ろしい出来事を見たので、私の博愛主義でさえ息絶えました。

ミッシェル　たくさんの人々が参政権のない婦人の代表として、あなたの立候補を望んでいます。「サンドは男性ではないが、彼女の才能を男性たちも認めている。彼女は精神によって男性となったが、母性という面では女性にとどまっている。サンドは力を持っているが、その優しさは人を怯えさせることがない。理性においては男性であり、直感力、詩において女性である」と。

ジョルジュ　そんな馬鹿げた主張に私が同意したと信じた人が、投票用紙にジョルジュ・サンドの名前を書いて、大切な一票を無効にしてしまうことを恐れます。男性が自由でないとき、女性は自由であることはできません。重要なことは女性のみを解放するのではなくて、この世界のすべての人々の無知と貧困を廃止することなのです。

ミッシェル　四月二十八日の選挙は最悪だった。我々は、わずか三十四名の労働者と十六名の農民しか議会に送れなかった。あなたの労働者階級と中産階級の連帯という希望は崩れた。ショパンは、英国で、ひとりで苦しんでいます。手紙を書いてやってください。

ジョルジュ　ミッシェル。今の私は一人の音楽家の運命より、全世界の労働者の未来に興味があります。五月十五日、私はポーランド解放という目標を掲げたデモの隊列の中にいました。三時間後、国会前であのような暴力が、乱闘が起こるとは思ってもいなかったからです。すべての人に仕事を与えると約束した国営工場は閉鎖されました。

ミッシェル　ショパンは助けを求めています。「僕は自分の神経をコントロールできなくなっている。馬鹿げたホームシックに悩んだり、何もかも諦めているのに、自分でどうしたらいいか解らず、いらいらするのです」。今の彼を救えるのは、この地球上にあなたしかいない。

ジョルジュ　パリで失業中の労働者たちが暴動を起こしました。激しい市街戦が始まりましたが、政府軍によって三日後の二十六日鎮圧されました。六月の日々は血塗れの幕切れを迎えました。あのデモの結果、革命の指導者たちはほとんど逮捕されてしまいました。私は陣営の立て直しに毎日奔走しています。

ミッシェル　パリであの暴動が始まった二十三日、ショパンはアデレイド・サートリス夫人のサロンではじめての演奏会を開きました。曲はショパンの容態を気遣ってバラードなど数曲だけでした。七月一日の『ロンドン・ニュース』は「魅力的な彼のタッチはとても言葉では言い表せない。何年も健康を害しているが、ピアノに向かうと、彼の詩的想像力は蘇り、生き生きと演奏をする」と絶賛しました。

ジョルジュ　新聞は、私を過激派と書き、ブルジョワたちは私をコミュニストと非難しています。もはや私は思想的な色合いを帯びた文章を書くことはできません。結婚した娘のソランジュは、ここノアンの屋敷を抵当に入れてしまいました。私は小説を書いてお金を稼がなければ、ここを芸術家たちの憩いの場として維持できません。私は政治色のまったくない小説を考えています。

ミッシェル　エジンバラのショパンから手紙が届きました。彼は風邪を引き、喀血し、貴族たちの夜会に招待された次の日は午後二時まで寝ているそうです。それに加えて神経痛が出たのでパリに帰ることにしたそうです。ショパンは先週、ロンドンでポーランド亡命者のための慈善音楽会をやりました。

ジョルジュ　ショパンが音楽以外のことで関心を持つのは祖国ポーランドのことだけです。私は、この一八四八年、全ヨーロッパの民衆が国を越えて手を握り合うことを夢見ました。しかし、保守派が彼らの愛国心に訴えると、民衆たちは国際的連帯を放棄して国内の敵と和解をしてしまいました。多分、この愛国心という麻薬に冒された大衆にこれからの人類は悩むことになるでしょう。

ミッシェル　ショパンがパリに帰ってきました。もう歩くこともできず、椅子に座ったまま、アパルトマンの階段を運ばれました。見舞いに行ってやってくださいませんか。

ジョルジュ　ミッシェル。革命の命が途絶えた六月のあの日から、どうやったらこれから生きていくことができるのかを考えています。ノアンに戻った私は、『愛の妖精』という田園小説を書き始めています。私がダンテのような強靭な天才作家だったら、一八四八年六月の、あの忌まわしい虐殺と拷問、苦しみのドラマを書くでしょう。しかし、人間が誤解しあい憎しみ合う不幸な時代だからこそ、信頼や友情、清らかな風習、優しい気持ちなどが、まだこの世の中にあり得るのだということ、その希望を心を荒ませている人々に、思い出させる必要があるのです。新たな年、一八四九年があなたにとっていい年でありますように。

ミッシェル　素敵なオーロール。僕は、あなたが革命家から物語り作家に戻ったことを喜ばしく思っています。今度あなたが描き出した妖精、ちっぽけでやせっぽちで、髪の毛を振り乱して裸馬に乗り、憎まれ口をたたき、蝶々のようにお転婆でこおろぎのように色の黒い妖精に夢中になりました。そして、僕もそんなお転婆な妖精のひとりと友だちだったことに気がつきました。ショパンがパリに帰って来て、姉さんのルイゼが看病のため、ワルシャワから来ています。ドラクロワも君がショパンを見舞うことを願っているよ。

M－14　ピアノソナタ　第2番変ロ長調 op.35より第3楽章「葬送行進曲」

ミッシェル　一八四九年十月十七日、フレデリック・ショパンがヴァンドーム広場十二番地で三十九歳七か月の生涯を閉じました。マドレーヌ寺院の葬儀には三千人の弔問客が寺院の外に溢れました。

十二時にショパンの棺がかつぎ込まれると、彼自身が書いた『葬送行進曲』が流れました。あなたと別れてから二年の間にショパンは一曲のワルツと二曲のマズルカを作曲しただけです。あの葬送行進曲もまたノアンのあなたの家で書かれていることを思えば、もしあなたという存在がなかったら、ショパンはずっと早く神に召されて、ピアノという楽器の可能性を拓いた作品たちの多くはこの世に存在しなかったのだと、マドレーヌ寺院でショパンをおくる大勢の人々の中で思いました。オーロール。君は悲しみの一八四八年を見事に生き抜いた。ジョルジュ・サンドの『捨て子のフランソワ』初日には、オデオン座に切符を求める人々が殺到した。今年秋のパリの演劇界は君の出し物の話で持ちきりだよ。どんな苦境にも負けない君に乾杯したい。君を男らしいと誉めたら怒るかい。

M—15　4つのマズルカ　op.68より第4番へ短調

BGMになって。

ジョルジュ　フランスにたったひとりで亡命してきた体の弱いショパンには、必要とする家族と看護婦が不足していました。それが私のこの八年間でした。ショピネの音楽は私には青い色に聞こえるのですが、他の人にはまた別の色に聞こえるでしょう。私は、後世の聴衆になんの夾雑物もなしに、ショパンが体で感じたこの世界の記憶を受け取って欲しいと考えました。それで、今日、この八年間、ショピネがくれた手紙をすべて燃やしました。

M、続いて。

ジョルジュ ノアンが晴れた日には、ショパンをおとなしいロバに乗せ、私たちは長い散歩に出ました。ロバは私のポケットに入れた屑パンの匂いに釣られて私の後をついて来ました。ロバはパンをくれと私の背中を鼻でつっつきます。私が日傘でロバを邪険に叩くと、ロバの上のショパンが声を立てて笑いました。私の耳には、その笑い声が、今も聞こえているのです。

ミッシェルとジョルジュが立ち上がって、上下に別れて去る。
弾き終わったピアニストは、客席にお辞儀をして去った。

ピアノ曲の目録

M－１　24の前奏曲 op.28より第21番変ロ長調
M－２　12の練習曲 op.10より第12番ハ短調「革命」
M－３　３つのマズルカ op.56より第２番ハ短調
M－４　12の練習曲 op.10より第３番ホ短調「別れの曲」
M－５　バラード第３番変イ長調 op.47
M－６　24の前奏曲 op.28より第８番嬰ヘ短調
M－７　24の前奏曲 op.28より第15番変ニ長調「雨だれ」
M－８　24の前奏曲 op.28より第17番変イ長調
M－９　３つのマズルカ op.50より第３番嬰ハ短調
M－10　４つのマズルカ op.17より第４番イ短調
M－11　子守歌変イ長調 op.57
M－12　ポロネーズ第７番変イ長調「幻想ポロネーズ」
M－13　前奏曲嬰ハ短調 op.45
M－14　ピアノソナタ第２番変ロ長調 op.35より第３楽章「葬送行進曲」
M－15　４つのマズルカ op.68より第４番ヘ短調

ブレヒト・オペラ

■登場人物

ベルトルト	劇詩人	ベルトルト・ブレヒト
ヘレーネ	その妻	ヘレーネ・ヴァイゲル
ベス	その愛人	エリーザベト・ハウプトマン
グレーテ	その愛人	マルガレーテ・シュテフィン
ルート	その愛人	ルート・ベルラウ
ヴァルター	その友人	ヴァルター・ベンヤミン
アーシャ	ヴァルターの恋人	アーシャ・ラティス
セルゲイ	ロシアの劇作家	セルゲイ・トレチャコーフ
ローベルト	ルートの夫	ローベルト・ルント
ヘッラ	パトロン	ヘッラ・ヴォリヨキ
マリー	乳母	マリー・オーム
オットー	ヘレーネの父	オットー・ヴァイゲル
ヨハンナ	ヘレーネの母	ヨハンナ・ヴァイゲル
風1		
風2		
風3		
風4		

ブレヒトの引用に関しては、千田是也訳のあるものはそれを使用した。

祖国を追われた難民、風たちの中にブレヒトの一家もいた。

国境の待合所で、風たちは呼び出しを待ちつつ、ブレヒト一家の旅を見ている。

風たちは自ら逃亡しつつ、ブレヒトが仕事をし客を迎える長いテーブルの所にやってきて、ブレヒトと彼にまつわる人々を演じる。

奥に移動可能な金網があり、これが牢獄や国境検問所になる。

第一幕

【プロローグ】懐かしき日々

懐かしい音楽が聞こえてきて、テーブルのまわりに、死者たち、セルゲイとアーシャ、グレーテ、ヴァルター、オットーの声がこだまのように聞こえて、楽しかった日々が浮かんでくる。

セルゲイ　ピルゼンのビールはいかがです。
ヴァルター　いやいや、これ以上飲んだら、便所に立ってばかりでお話ができません。
セルゲイ　我がロシアのビールときたら、飲む前からオシッコみたいなもんで。
アーシャ　ヴァイゲルさん、ベルリンはいかがです。
オットー　（杖を突いている）我がウィーンと比べたら品格がない町だ。
グレーテ　タワーリシチ、トレチャコーフ。ブレヒトはあなたの『吼えろ支那』を観て、ロシアにも自分と同じことを考えている演出家がいるとびっくりしたんです。
セルゲイ　メイエルホリトがブレヒトの芝居を観たら同じことを言うでしょう。
アーシャ　メイエルホリトは京劇の俳優梅蘭芳が物語るように芝居をすることに興味を持って、日本の歌舞伎俳優の様式からも学ぼうとしたのよ。
セルゲイ　『戦艦ポチョムキン』を撮ったエイゼンシュタインは、犬と口という字を合わせると吠えるという言葉ができる日本語に注目して、モンタージュの方法を編み出しました。
アーシャ　日本の文字ではセックスは、生きる心と書くのです。

オットー　なんだと！　セックスが生きる心だと。
アーシャ　（オットーに）カプリ島で哲学やらずに私とセックスしたヴァルターです。
セルゲイ　あなたでしたか。我が国のベルリン駐在文化使節の心を奪ったのは。
ヴァルター　ソ連文化省には、奪ったのは心だけだとお伝えください。
アーシャ　ベルトルト、遅い、遅い。

ベルトルトが入ってくる。

セルゲイ　ベルトルト！
アーシャ　タワーリシチ、トレチャコーフとは、五年ぶりでしょう。
セルゲイ　私の作品が、ベルリンの批評家にクソミソに言われたとき、あなたがただ一人援護してくださって地獄で仏に会ったようでした。
アーシャ　セルゲイは『男は男だ』をロシア語に翻訳してくださったのよ。
セルゲイ　ぜひ、モスクワで上演したいと思いまして。

そこへ、買い物籠を持ったヘレーネ。

アーシャ　こちらがブレヒト夫人のヘレーネ・ヴァイゲル。

ヴァルター　ヘレーネ！
セルゲイ　あなたの役作りの的確さに感動いたしました。
オットー　なにを言ってる。娘が舞台に出るというものだから、ウィーンから出てきたが、『男は男だ』なんて芝居で軍隊酒場の婆の役じゃないか。
ヘレーネ　パパ。（抱き合う）
オットー　亭主に言ってやれ。女は女だって。
ヴァルター　これまでの演劇では、観客が「ナンダ、オシバイジャナイカ」と感じてしまったら興ざめでした。だから、役者たちは本当に体験しているように泣いたり笑ったりしてきました。我々の考える叙事的演劇は「コレハシバイダ」と観客に思わせるところから出発します。まあ、一杯。（と酒を注ぐ）
オットー　ヘレーネはまだ、二十代だよ。男はワインのように吟味して選べって小さい時から言ってきたのに。
マリー　（買い物籠を取り上げて）奥さん、表にでちゃあだめだよ。人参ならあたいが買ってくるよ。あんたはユダヤ人だかんな。

オットー、立ち上がる。
沈黙の中、マリー、「人参一キロ、人参一キロ」と言いながら出ていく。

ヴァルター　このたび、人参を食べれば近眼にならないことが立証されたんです。それを証拠に……みなさんの中で眼鏡をかけたウサギや馬を見た人いますか。

セルゲイ　ゲーテとベートーベンを生んだ国の国民が、どうしてヒトラーなんぞの演説に熱狂するんです。

グレーテ　芸術でも科学技術でも世界一だと思っていた私たちの誇りは敗戦で傷つけられました。だからゲルマン民族は劣等ではないというヒトラーの演説に、大衆が飛びついたのです。

ヴァルター　攻撃的な演説、感動的な音楽、壮大なスペクタクルが、人々の理性を麻痺させたのです。ですから、観客の感性に訴えようとする芝居は、あのペンキ屋のやり口と同じだ。

セルゲイ　ペンキ屋？

ヴァルター　ヒトラーは、若い頃絵描きを志して挫折したんです。

セルゲイ　それで、ペンキ屋ですか。

ベルトルト　本日ここに、ロシアとドイツの明日の演劇を担う者たちが集まりました。乾杯しましょう。

そこで、女たちが歌った。

M-1 **「ビルバオ・ソング」**（訳詩／岩淵達治『ハッピー・エンドより』）

ヘレーネ

ビルの酒場は　ビルバオ　ビルバオ　ビルバオ
そりゃ　すてきな　店だった
一ドルも　はりこんだら
騒いで　踊れた
極楽にも行けたぜ
でも　あんたなら　どうかいな
きっと　気に入らないかもね　Ａｈ
椅子は　酒びたし
フロアには　草が生えて
屋根の穴から　赤い月
音楽　こいつも金を払うだけの値うちがあったね
「もう　歌の文句も忘れちゃったけど」

(refrain) 恋しビルバオ　赤いお月さま
恋しビルバオ　通ったもんさ
恋しビルバオ　恋が実れば
恋しビルバオ　恋がなつかしい
あんたなら　イヤかもしれないが

でも　あれが　素敵だった
素敵だった　なにより

ビルの酒場は　ビルバオ　ビルバオ　ビルバオ
もう　ずいぶん　昔のこと
金ならしこたま持ってる
四人のギャングと
大騒ぎしたもんさ
でも　あんたなら　どうかいな
きっと　気に入らないかもね　Ａｈ
机は　酒びたし
フロアには　草が生えて
屋根の穴から　赤い月
四人のキチガイども　持ってるピストル　ぶっ放し騒いでた
「あんた勇気ある　あったらやってみな」

(refrain)

ずいぶん　昔のことだけど
でも　あれが　素敵だった
素敵だった　なにより

道路で、群衆の声が聞こえ、風たちが出てくる。

風2　クラウケ街六四番地にヨーゼフ・ヒラーって奴ぁ、二十マルクにつられて、去年、肥料会社の工場で働いたんだがね。肺はやられちまうし、結膜炎のひどいのをしょいこんじまってね。二月だってえのにプータローさ。

風3　ポウラス・スナイダーは保険の外交をやってたんだがね。重役のユダヤ野郎が、取ってくる契約が少ないとか掛け金を着服したとか口実をでっち上げて奴を街頭に放り出したんだ。生きてく道がなくなって奴は入党したんだ。総統だって権力を取る前はひでえ貧乏暮らしでね。だから、総統は俺たちの気持ちが分かるんだよ。

風2　わしら、商いをやってるもんはね、この景気の悪いのをなんとかしてもらいてえんだよ。

風3　（演説を始める）「私と私の党を支持してくれているのは、権益をたらい回しする政治屋や金のためなら非道なことも厭わない資本家どもではない。私を支持しているのは、小さな工場で働く人々、商店主、使用人、農民たち、すなわち偉大なるアーリア人の国を底辺で支えている人々である」

歓声とともに音楽がラウドスピーカーから流れる。

風4　一九三二年七月三十一日の総選挙でナチスは三五％を得票し、第一党となる。

ヘレーネ　どうしたの？

ベルトルト　（新聞を出す）ペンキ屋が勝った。

ヴァルター　まさか。（読む）ナチ党は、議席を二百三十に伸ばした。

ヘレーネ　二百三十！

ベルトルト　これは、僕の……僕たちの罪だ。

全員　（待合室から）そうだ、お前の罪だ。

【1】小市民の犯罪（ドイツ・一九一八〜一九三三）

風たちが出てきて、銅鑼を叩き木槌を叩き鈴を鳴らした。

風たち　小市民B、ならびに小市民Hの犯罪。

風4　一九一八年、ヨーロッパの若者たちは戦争という泥沼の中で憎しみ合っていた。

風3　絵描きになることを断念した小市民Hは、歩兵第一六連隊の伝令兵として、友愛と規律と団結を学び二度負傷し一級鉄十字章を授与された。

風2　ミュンヘン大学で医学を学んでいた小市民Bは徴兵され、野戦病院で脚や命を失った傷病兵たちを自作の歌で慰めた。

風3　小市民Hがヒトラーユーゲントを結成した一九二二年。

風2　小市民Bは、許嫁とのベッドのために革命を棄てる戦争帰りの若者の物語『夜打つ太鼓』を書き、女優のヘレーネ・ヴァイゲルと出会う。

ベルトルルト　僕は取り澄ました芸術にしか嫌悪という言葉を使わない。そして、美しいという言葉は君にしか使わない。

ヘレーネ　飲んだくれのボヘミアンは、ある夜、町で会うと最初の嘘をついた。

ベルトルルト　ヴァイゲルさん。僕、ベルリンに住んでないんで、アウグスブルグに帰らなくっちゃあならないんだけど、最終の汽車に乗り遅れちゃってさ。

ヘレーネ　「そりゃお困りでしょう。私のアトリエにお泊まりなさい」ってベッドをしつらえて自分の部屋に戻ったら、すぐにノックの音がするじゃない。「どうしました？」

ベルトルト　なんだか冷え込んじまって。

ヘレーネ　あら、ちっとも寒くなんかないわよ。

ベルトルト　「あなたの部屋の方が暖かそうだから。いや、あなたが温かそうだ」と僕が言ったら、「私は毛布じゃありません」てドアをバタン。

風たちがヘレーネの前にパッと布を広げてベルトルトを閉め出す。

ベルトルト　その晩は冷え切った自分の寒さといっしょに寝てさ。

風が鉄砲を撃った。

風3　一九二三年十一月八日、ミュンヘンのビアホールに親衛隊員を率いて機関銃を持って乱入した小市民Hが禁固五年の判決を受けたとき……

風2　小市民Bは、

ヘレーネ　借金の督促状のようにラブレターを寄こす。（手紙を取り出す）

ベルトルト　私メは依然としてあなたに、またあなたの神秘なる内容物に、相当な好意を抱いております。

ヘレーネ 私は、危険なコミュニストよ。

ベルトルト それはおもしろい。

ヘレーネ 私は、嫌われ者のユダヤ人よ。

ベルトルト 僕も嫌われ者だ。

ベルトルト、布の中に潜り込む。

ヘレーネ 茂みを巡った風がスカートをまくると、あんたの膝があたしの膝に入ってくる。

ベルトルト 君に会う前にはいつも、酒を引っかける。でないと目の前の生け贄の見事さに膝がガクガクしちまうから。

ヘレーネ あんたの書いたお芝居のボヘミアンだってあんたほど悪くはない。

ベルトルト 僕は大好きだ。腰に脂がのった女を草むらに連れ込んで、スカートとズボンをお日様に当てること。

ヘレーネ あたしが無我夢中で嚙みつくと、あんたは緑色の草で清めてくれる。口と鼻と足の付け根まで。

毛布の中でモゾモゾする二人。

ベルトルト　想像できないだろうな。僕は苦しんでるんだ。青い夕暮れに、いい女が歩く。黄昏の中で豊かなお尻が揺れている。

風4　小市民Hが、狂信者を集めて親衛隊を組織した頃、小市民Bは英語教師で共産党員のベスことエリーザベト・ハウプトマンと出会う。

ベス、「今日は」とやってくる。

ベルトルト　ああ、図書館で会ったんだよね。

ベス　いいえ、喜劇座のロビーで声をかけてくださって。

ベルトルト　そうそう。英語、できるんだってねえ。

ベス　英語の教師をやってました。それと、タイプライターも打てます。私、誰かのためになることをしたいんです。

ベルトルト　誰かのため？　僕はね、義務とか献身とかいうイジマシイ感情は好きじゃない。君は僕のために仕事をするんじゃない。僕との芝居作りが楽しいからいっしょに仕事をするんだ。

ベス　どんなお芝居ですか。

ベルトルト　（ベスの手を取って）この手は、取り替えることができない。君の魅惑的な目も、入れ替えることができない。でも、兵隊は、たとえば自動車のタイヤだ。パンクすれば、取り替えればいい。戦死すれば補充すればいい。

ベス　（タイプの椅子に座った）英語教師もそうなんです。私がやめたら、もう次の先生が教壇に立っています。

ベルトルト　カミサンに頼まれて市場に魚を買いに行ったお人好しのゲーリー・ゲイは、むりやり兵隊にされちまう。

ベス、タイプを打ち出す。

風4　小市民Bが非人間的な軍隊を批判する『男は男だ』を書いていた一九二五年、

風1　小市民Hは、牢獄の中で『我が闘争』を執筆。

風3　我が偉大なるドイツがあの戦で、イギリス、ロシア、フランスに敗れたのは、我らの責任ではない。我らの背後から、ユダヤ人とコミュニストが砲火をあびせたからだ。

風4　小市民Bが『三文オペラ』を書いた一九二八年、

風1　小市民Hのナチ党は十二人の議員を国会に送り込んだ。

その間もずっとタイプを叩いているベス。

アーシャ、来る。

アーシャ　(近づいて) がんばるわね。
ベス　明日までに一場の直しをしておきたいんです。
アーシャ　あなた、どうして独り立ちしないの?
ベス　独り立ち?
アーシャ　あなたがジョン・ゲイの『乞食オペラ』を見つけだして英語からドイツ語に訳してなきゃあ『三文オペラ』は生まれなかった。つまり、人気劇作家ベルトルト・ブレヒトはこの世に存在しない。
ベス　(タイプを叩いている)
アーシャ　あなたに半分著作権があるわ。
ベス　私はコミュニスト。私有するなんていうブルジョワ的発想はないの。
アーシャ　お芝居の題材を見つけだして資料を集め、台詞も半分は書いて、そうして清書もあなたの仕事。これは搾取よ。あなたはエリーザベト・ハウプトマンという自立した作家としてやっていけるのに。
ベス　私はベルトの書き方の真似をしているの。ベルトルトと同じふうにこの世界を見ようとするの。「愛はいつも不確かだけど、ソーホーの上には今日も月」
アーシャ　三文オペラね?
ベス　こんな歌、私には書けない。ベルトがちょっと手直しするだけでスパイスが利いて、凄みが出たり、想像力が空を飛ぶの。

アーシャ　天才は何をしても許されるか。

ベス　子供の頃から自分が嫌いだったの。だから、鏡だってなるべく見ないようにしてた。ベルトはね、私を褒めそやして、だから私はお芝居を書くようになったのよ。

風4　ベスと共作した盗賊団の首領メックの物語、『三文オペラ』が……。

風2　ベルリンのシフバウアーダ劇場で上演された一九二八年、小市民Bはヘレーネ・ヴァイゲルと結婚。

　　ヘレーネが歌う。

M-2**「バルバラ・ソング」**（訳詩／岩淵達治『三文オペラ』より）

ヘレーネ　その昔　無邪気な頃は　私は思ってたわ

もしか素敵な人が現れたら　どうしようかしらと

お金持ちで　感じがよく

日曜には身ぎれいにして

礼儀作法をこころえてても

私の返事は「いや」

　顔も伏せず　頭から見下ろしてやるわ

月がきれいでも　ボートを漕ぎだして行っても
ただ　それだけよ
そんなにすぐ寝たりはしない　冷たくしてやるわ
いろいろ口説かれても　最後はいつも「いや」

でも　ある晴れた日のこと　頼みもしないのに
私の部屋にヌッと入ってきた男には　もう負けたわ
お金もなく　感じも悪く
日曜でも汚いカラー
礼儀知らずの男だったのに
でも　言えなかったの「いや」って

彼の前じゃ　目を伏せてしまう私
月がきれいだったわ　ボートはつないであったけど
でも　ダメだったのよ
あんなに　すぐ寝てしまったのよ
冷たくはできなかったわ
いろいろされたけど

でも　言えなかったの　「いや」って

グレーテがベスと入れ替わって、タイプを打ち始める。

ベス　こないだから出入りしている人、だれ。

ベルトルト　グレーテは労働者階級の出身でね。タイプが打てる。

ベス　私だってタイプぐらい打てるわ。

ベルトルト　ゴーリキーの母を素材にして芝居を書く。それには、グレーテのロシア語が必要だ。

ベス　モリエールからかっぱらうときは、フランス語が堪能な女を口説くわけね。

ベルトルト　僕はドン・ファンを書くにはまだ修行が足りない。

ベス　彼女と寝たの？

ベルトルト　うん。

ベス　私はなんなの。

ベルトルト　君は僕の協力者だ。そして、愛人。

ベス　じゃあ、あの女は？

ベルトルト　ベス。演劇はいろいろな人が力を合わせて創る仕事だ。

女たち　はい、はい。

ベルトルト　そこらの演劇集団では、一人の天才演出家に大勢がひれ伏す。やれ、ピスカートルだ。やれ、ラインハルトだ。天才的芸術家なんていう神話の時代は終わったのだ。

女たち　はい、はい。

ベルトルト　（去っていく女たちを追って）ちょっと、待て。

ヴァルターとアーシャ。

ヴァルター　君は、ほんとにモスクワに帰っちゃうのかい。

アーシャ　ヴィザが切れるんだもの。

ヴァルター　僕たちはどうなるんだ。

アーシャ　仕方ないでしょう。モスクワに来る決心、つかないんだから。

ヴァルター　トレチャコーフやメイエルホリトがこれからも自由に仕事ができるとは思えないね。

アーシャ　じゃ、ベルリンが安泰な町なの？　「ドイツ国民を堕落させる一万五千のユダヤ人に毒ガスを浴びせていたならば、前線で戦死した百万のドイツの若者の命は救われて……」

ヴァルター　すべての悪はユダヤ人にありなんて子供だましを誰が信じる。

アーシャ　私とモスクワに行こう。向こうで仕事、探せると思う。

ヴァルター　ユダヤの諺に、運の悪い奴がパンを落っことすと、かならずバターつけた方が下になるってのがある。

アーシャ　だから？

ヴァルター　僕といっしょにいると不幸になるよ。
アーシャ　私、本物のヒトラーを見たことがあるわ。背は低いし、頭でっかちの出目金、歯並びが悪いとくる。ドイツの女たちがまるで恋人のようにヒトラーの名前を叫ぶのがわからない。
ヴァルター　スターリンだったらいいのかい。

号外売りが走る。

風4　ニューヨーク、ウォール街で株価大暴落！
ベス　一九二九年の大恐慌の後、ブレヒトは私に、資本主義システムの問題点を理解するためにマルクスの著書リストの提出を求めました。

仲間たちが一人、一人、机の前に来て意見を述べた。

グレーテ　私たちは労働者に、働いて物を造るより、株を買った方が儲かるという資本主義のシステムが問題だということを気づかせなければならないのです。
ベルトルルト　工場の国有化、農業の集団化をやり遂げたロシア人自身はどう思う？
アーシャ　私たちが資本家を非難し、低所得者たちにパンと未来を約束すると、ナチスは大衆に同じことを約束する。私たちが労働者の合唱団を組織すると、ナチスは私たちのやり方をそっくりまねてプロパガンダのための合唱団を組織する。

ベルトルト 芸術は模倣から始まり、嘘は泥棒の始まりとも言う。

ヴァルター ナチズムの長所はね……。

グレーテ ナチズムの長所？

ベルトルト どんなものにも長所はある。左ぎっちょを恋人にすると、二人とも利き手で愛撫ができる。

ヴァルター ナチズムはマルクシズムとちがって、ユートピアに至る道のりが曖昧なことだ。ヒトラーの演説で重視されるのは、論理ではなく雰囲気だ。ペンキ屋は知っている。大衆の判断能力なんてあてにはできないと。頼りになるのは、感情、特に憎しみだ。だから、大衆の不満を誰かのせいにし、その怒りをかき立てるためにガソリンを振りまくような演説をすればいい。

ヘレーネ 大衆を感動させ、熱狂を煽る演劇でなく、この世界と自分との関係を見せる演劇が、必要だと言うのがブレヒトの意見ね。

ベルトルト 僕たちはあまりに力が弱い。ナチ党に投票する人々が一千万人だというのに、僕たちはこのテーブルに集まる人々しかいない。

そこへ、ベス、飛び込んでくる。

ヴァルター どうした。

ベス　国会が燃えてる。

ヴァルター　国会が？

風たち、出てくる。

ベス　あの丸屋根のてっぺんから火を噴いて……。放火だってみんな言ってる。

ヴァルター　奴ら……。おそらく明日にも放火犯人が逮捕される。公正な選挙で首相の座に着いたヒトラーの内閣を壊すために共産党員が放火したと……。

ベルトルト　子供たちを連れて明日、君の両親のいるウィーンに発つ。

ヘレーネ　長くなるんでしょう。一晩じゃ荷物作れないわ。

ベルトルト　すべてを捨てるつもりになれ。

ヘレーネ　だって。

ベルトルト　亡命っていうのは、命を助けることなんだ。足りない物はウィーンで買えばいい。

ヘレーネ　はい。（出ていく）

ベルトルト　ベス、運び出す荷物をまとめてくれ。まず完成台本。それから、資料。

ベス　何の資料？

ベルトルト　自分で考えてくれ。（と、自分も書類をまとめだす）

ベス　新聞の切り抜きは？

ベルトルト　持っていく。
ベス　詩集は？
ベルトルト　持っていく。
ベス　手紙は？
ベルトルト　持っていく。それに作業日誌。
ベス　とても持ちきれないわ。マルクス全集は？
ベルトルト　……置いて行こう。亡命だもの。君は切り抜きと作業日誌を持ってくれ。後は僕が持つ。
ベス　私が？
ベルトルト　君には重すぎるかもしれないが。
ベス　私は、行かない。
ベルトルト　行かない？
ベス　私は逃げ出さない。この国に残ってペンキ屋と闘うわ。
ベルトルト　わかった。気が変わったら来ておくれ。

圧制から逃げ出す、難民たちの群。
箱を乗せた手押し車を押すベルトルト。
ボール紙の切り抜きの赤子を抱えるヘレーネ。
鍋釜を担いだマリーは子供の手を引く。

ウィーンで杖を突いた父オットーと母ヨハンナが迎える。

オットー 私はね、君とちがって別にやましいことはしていない。

ヘレーネ パパ、ママ、いっしょに逃げましょう。あの男は危険よ。

オットー ヒトラーというのはドイツ人じゃない。オーストリア人の奴が自分の祖国を攻めると思うかね。

ベルトルト ウィーンに住むロスチャイルドはユダヤの大資本家じゃないですか。

オットー ドイツ人はなにかというとユダヤ、ユダヤだ。

ベルトルト ……お幸せに。

ヨハンナ (首飾りをはずして) これを持ってお行き。

一行は、再び、箱を引きずって流浪の旅に出た。

【2】亡命地デンマーク（スヴェンボル・一九三三）

海鳥の声と潮騒の音。

「ひゃあ、ひでえ重さだ」と、風（運搬人）が大きな木の箱を持って入ってくる。

風3 えらい重いけど、金銀、財宝でも入ってんのかね。

ヘレーネ そうよ。この中には宝物が詰まっているの。

風3 どこへ、運ぶかね。

ヘレーネ 屋根裏部屋に運んで頂戴。

ベルトルト （下りてきて）駄目駄目、上は雨漏りがしてる。

風3 ああ、この百姓家、もう二年も住んでないからねえ。ドイツから来なすったのかね。

ヘレーネ いえ、チューリッヒから。

風3 こっちは不景気でねえ。デンマークにもヒトラーみてえな威勢のいいのが出てきて、革命起こしてくれないかねえ。

ヘレーネ ドイツ語ができる運送屋さんがいて助かったわ。

ベルトルト 僕の仕事にゃ絶好の場所だが、君のお客は海鳥ばかり。

ヘレーネ ユダヤ娘を引っかけたときにゃあ、妻のお陰で祖国を捨てるハメになるとは思ってもいなかったでしょう。

ベルトルト　ヘレーネ、僕は人に犠牲を強いるのも、犠牲者だと感じるのも嫌いなんだ。（抱く）

ヘレーネ　ヒトラーのお陰で水入らずってわけ？

マリーが入ってくる。

マリー　そらもう、難儀なことだったよ。八つになったばかりのシュテファンと二歳のバルバラとたくさんの荷物を持って、プラハ、ウィーン、チューリッヒ、パリ、コペンハーゲンだろ。あたしゃあ世界にこんなにたくさん言葉があるなんて知らなかったね。魚って言葉一つだって、チェコとパリじゃまるっきり違うんだから、買い物だってできやしない。バルト海に面したスヴェンボルってド田舎の農家にやっと落ちついたのはその年の暮れだったよ。

と、自動車の警笛。

「ブレヒト先生はおられますかぁ」と甲高い声がする。

派手な身なりの女、ルート・ベルラウ登場。

マリー　はい。

ルート　（デンマーク語で）いやあ、あばら屋だね、こりゃあ。ああ！　ブレヒト先生。（突進する）

ベルトルト　（逃げて）はい。

ルート　わたくし、ルート・ベルラウ。コペンハーゲン王立劇場で演劇してます。（カタコトのドイツ語である）
ベルトルト　ああ。ベルトルトです。
ルート　なに、見てる。
ベルトルト　あなたの瞳の色が何を訴えているのかと。
ルート　そんなロマンチックな目付きをするな！

そこへ、ローベルト。

ルート　ああ、私の亭主のローベルト。藪医者。
ローベルト　（ルートを指して）この人の粗っぽい運転でも五時間かかりました。
ベルトルト　ブレヒトです。（呼ぶ）ヘレーネ！

呼ばれてヘレーネ、「こんにちは」と、出てきた。

ルート　ああ、ドイツの演劇界はヘレーネ・ヴァイゲルを失ったんだ。
ベルトルト　ノミのサーカス団は解散しました。主役のノミが犬と駆け落ちしたもんで。
ルート　ユーモアのある男は、ベッドの中でも女を喜ばせるという諺はデンマークにはありません。

ローベルト　ルート！
ルート　あら、十九世紀生まれのおじいさんが怒ってる。
ローベルト　ブレヒト夫妻を我がデンマークにお迎えするに際して、できる限りのことはしたいと考えています。
ルート　この人、医者だから私よりドイツ語できる。奥さん。欲しいものがあったらこの人に言って。
ヘレーネ　二階に本棚が欲しいのです。
ローベルト　見せていただけますか。
ヘレーネ　どうぞ。（と、連れていく）
ルート　（本を手にとって）あら、新作ですか。
ベルトルト　ゴリキーの『母《おふくろ》』を脚色しました。
ルート　貸してください。翻訳して私たちの劇場で上演します。
ベルトルト　しかし、王立劇場のレパートリーにはちょっと……
ルート　私、今年、労働者の劇団、作りました。
ベルトルト　残念ながら、コピーが二部しかない。
ルート　ああ！　お日様がドイツに沈んでいく。
ベルトルト　本当だ。（窓に近寄る）
ルート　あそこでは、民衆苦しんでる。（コピーを手にとって懐に隠す）ああ、『三文オペラ』、助かったんだ。

ベルトルト　助かった？
ルート　（ポケットから新聞を出す）
ベルトルト　僕は、外国語を習得する熱意がなくてね。
ルート　（新聞を読む）十日夜十一時、ドイツの未来を担う学生たちはオペラ広場に二千冊の「非ドイツ的書物」を持ち寄った。この夜、ドイツ各地の大学でユダヤ人、マルクス主義者、退廃的な作家の書物二万冊が焼却された。トーマス・マン、アインシュタイン、リープクネヒト、フランツ・カフカ、アンドレ・ジード、ベルトルト・ブレヒト、……。（背中に手をやり）今朝新聞見て、それで来た。
ベルトルト　ベルリンに残してきた落書きをすっかりペンキで塗りつぶしやがった。一つ、お願いがあるんですが。
ルート　なんでもどうぞ。
ベルトルト　あなたの乗ってらしたフォード、僕に運転させてくださいませんか。
ルート　先生、自動車好きですか。
ベルトルト　男の子ってのは成長しないんです。大きくなるにつれ欲しがるおもちゃがだんだん高価になるだけなんだ。
ルート　女はお金のかからないおもちゃ。
ベルトルト　（手を繋いで）だから、女性と乗るのはもっと好き。
ルートの声　なに、女に乗りますか？

そこへ、「さあ、お茶にしましょう」とヘレーネが、降りてくる。

ヘレーネ　ベルト、ベルト。

エンジンのかかる音で外を見た。

【3】人間の役割分担について（スヴェンボル・一九三四）

ルート　一九三四年、ベルトルトは私にコペンハーゲンの駅までベルリンから来た女性を迎えに行って欲しいと電報を打ってきました。

スーツケースを持ったグレーテがやってくる。

ルート　ドイツから駆けつけたグレーテは、スヴェンボルのブレヒトの家には入れず、私の家でデンマーク語の勉強をしていました。

グレーテは背中を向けブラウスを脱ぎ、ローベルトの診察を受ける。
ヘレーネがタイプを雨だれ打ち。

ルート　もう三か月も足止めじゃない。
グレーテ　私の病気が子供さんたちにうつらないか、ヘレーネが心配して……。
ルート　その指輪、ブレヒト先生から？
グレーテ　（嬉しそうに）ええ。
ルート　あなたは彼の何なの。

グレーテ　助手です。資料を集めたり、タイプを打ちます。
ルート　お給金はいくら？
グレーテ　お金なんて……。
ルート　お給料出るわけじゃないから、秘書じゃない。じゃ、愛人？
グレーテ　……。
ルート　ああ同志か。タワーリシチってな便利な言葉ね。
グレーテ　ベルリンに一人で残ってみて、ベルトの恋人でない私はつまらない女だって気づいたんです。私のような才能のかけらもない女の思いつきに光を当てられるのはベルトだけなの。
ルート　私は自分が輝きたいわ。
グレーテ　私は染め物工場で働く母に育てられて、食堂で皿洗いをしながら一所懸命勉強したけど、誰も私を人間として見てくれなかった。ブレヒトは、ベッドに入る前にお湯で手を温めてくれた。
ルート　その温かい手であんたを触ってくれるんだ。こら、ローベルト爺さん、聞いてるか。
ローベルト　滋養のある食事。それに心の安らぎが必要ですな。

〈ヘレーネがまだタイプライターを打っている。

ベルトルルト　（入ってきて）もう、やめてくれ。無理すると腱鞘炎になるってローベルトが。（なおも打ち続けるので）もういいから。

ヘレーネ　なんでグレーテを呼んだの。
ベルトルト　民族主義と愛国心がいかに危険かという寓意劇を書くと言ったら君は賛成してくれたじゃないか。
ヘレーネ　だから、私、タイプ打ちをするの。
ベルトルト　ヘリ。君は女優なんだ。タイプなんか打たなくていい。
ヘレーネ　（首を振って）デンマーク語ができない私は、ここじゃあ女優じゃない。
ベルトルト　（ヘレーネを抱いて）そうだね。音楽家も絵描きもバレリーナも靴屋だって亡命先で仕事が続けられる。しかし女優は……。
ヘレーネ　今のブレヒトに、私は必要じゃない。
ベルトルト　君は僕たちの子供の母親だ。
ヘレーネ　そう。グレーテの結核が子供たちにうつったら。
ベルトルト　ルートの旦那は、グレーテの病巣は固まっているから人にうつす心配はないと診断したよ。
ヘレーネ　……。
ベルトルト　僕たちはドイツに帰り着いたとき君が演じる芝居を書いているんだよ。
ヘレーネ　いつ帰れるの。
ベルトルト　……。後一年。長くても二年だ。
ヘレーネ　私がユダヤじゃなかったら、あなたは逃げなくてすんだのに。

ベルトルト　何を言ってる。僕が君を妻にしたのは、この美貌と（頭をなぜて）聡明さと、（まさぐって）この体に流れる血筋に惚れてるからだ。
ヘレーネ　グレーテに、ここに来てくれるように言って。

ヘレーネとグレーテ、入れ替わる。

ベルトルト　来たね。（背後から抱く）
グレーテ　今は、どんなものを。（タイプ用紙を覗く）
ベルトルト　ヤホーって国には二種類の人種が住んでいる。片方は丸い頭、片方はトンガリ頭。（髪の毛を手で漉く）
グレーテ　（ベルトルトの手をどけて）仕事終わってから。
ベルトルト　ヤホー国に出現した煽動家は、多数いる丸頭たちに、お前たちは正直で勤勉だが、トンガリ頭は陰険で勘定高く、そいつらのお陰で君たちはひどい生活を強いられていると演説するんだ。
グレーテ　（タイプライターの前に座って）どうぞ。

ベルトルト、歩き回って。

ベルトルト　「あの男は、大衆が抽象する思考になれておらず、破滅の責任を誰に押しつけたらいいのかわかっていないのだと主張している」

グレーテ、タイプを打ち出す。

グレーテ　ちょっと待って。「大衆は抽象する思考に慣れてない」って、どういう意味ですか。
ベルトルト　みんなが貧しいのは、ユダヤ人のせいでなく資本家たちの搾取のせいだってことを理解するには、抽象的思考が必要だろ。

マリーが、「お茶が入ったよ」と入ってくる。

グレーテ　マリー。「抽象する」ってどういうことか判る？
マリー　中傷するってな悪口言うことだろ。人を呪わば穴二つさ。
ベルトルト　穴があったら入りたい。
マリー　坊ちゃん。
グレーテ　「世界を抽象的には考えられない」大衆に「抽象する」なんて台詞、書いてはいけないの。
マリー　判ったかね？（出ていく）
グレーテ　十二の時から学校も行かず働いていた。どうして自分たちが貧乏なのか、誰も私に教えてくれなかった。

ベルトルト　そうだ。学校で世の中の仕組みを学ぶことのできなかった人たちに判るような芝居が……。（打ち始めたタイプを読む）……大衆は、世の中に起こることの裏側には、仕組みがあるとは思っていない。

M-3 **「人間の努力のいたらなさについて」**（訳詩／岩淵達治・一部改訂『三文オペラより』）

ベルトルト　人は頭で生きるというが
でも頭じゃたりない
ま　やってみな　頭じゃせいぜい
シラミが飼えるだけ
だってこの世で生きるにゃ
人間ずるさが足りない
嘘もペテンも
見抜けやしない
ま　心をいれかえて
立派な人になり
それから計画たててみな
うまくはいかないぜ
だってこの世に生きるにゃ

人間悪さが足りない
だから努力は
ただ気休めさ

人間は全然良くならない
だから頭を張りとばせ
頭をぶん殴れば
すこしは良くなるさ
だってこの世を生きるにゃ
人間　ひどすぎる
だから　ド頭
張りとばせ

【4】束の間の楽園（スヴェンボル）

ベルトルト　ヴァルター・ベンヤミン。デンマークのトゥーレー島はパリよりずっと温かい。ヘリーの意見によると、君は月百クローネでやっていける。わずか六十マルク、三百六十フランだ。ラジオ、新聞、図書館、暖炉、チェス盤、チェス盤が君を待っている。一九三五年四月。ベルトルト。

ベルトルトがチェス盤を持ってくる。グレーテがタイプを打っている。

ヴァルター　また書き直しかい。
グレーテ　昨夜の討議の結果、三場を直すことに。
ヴァルター　最初から完成作品を書いてくれりゃあいいのにねえ。
グレーテ　ブレヒトは自分の戯曲を作品ではなく、試みと呼びます。いつも自己否定を続け、この社会を永久に革命するように。
ヴァルター　永久革命……。人間が作り出す組織に自己否定なんて望む方が無理だ。官僚化し、会議は儀式へと変わり……。
ベルトルト　マルクス主義が有効性を発揮する時代は歴史的に短いという君の考えには同意できない。ナチズムの膨張を止めることのできるのはソ連だけだということを忘れてはいけないよ。
グレーテ　ここの漁師たちはね、夫を海で失ったヨーク婆さんの家にもその日獲れた鮭を投げ入れるのよ。みんなで漁に出て捕れた魚をみんなで分け合ってるの。彼らにはよそ者が入り込めない「我々」があるの。この村に乱暴者が入り込んできたらみんな、その「我々」のために戦うでしょう。

ヴァルター 無理やり集団化されたコルホーズの農民や工場労働者も、グレーテの言う我々なのかい？

ベルトルト 十月の国際革命演劇会議にモスクワに行く。じっくり見てくるさ。

ヴァルター 氷点下二十度の町に住むアーシャに手袋を持って行って欲しいんだ。

ベルトルト 手袋より、君の体で彼女を温めてやるほうがいいのに。

ヴァルター アーシャは僕がモスクワに行けば、文芸評論の仕事があると言うが、社会主義リアリズムのお先棒を担ぐなあまっぴらだ。

ベルトルト だったら彼女をパリに呼べばいい。

ヴァルター ロシア語とドイツ語しかできないアーシャがパリで何をする。

ベルトルト そして祖国を追われたベンヤミン氏には彼女を食べさせる力がない。

グレーテ あなたたち今世紀のロミオとジュリエットね。

ヴァルター 僕がロミオ？

グレーテ ソ連に占領されたリトアニア人とヒトラーに追い出されたユダヤ人。スターリンの国の演劇人と反スターリンの思想家。両家の争いは果てしなく、二人の愛は成就しない。でも、ヴァルター、必ず時が解決する。だから私たちは生き延びるのよ。

ヴァルター 僕はロミオのように毒を飲んだりしないよ。

マリー （やってきて）旦那さん、珍しい人来たよ。

ベス、入ってくる。

グレーテ　ベス！

ヴァルター　オヤオヤ！

ベルトルルト　ベス、よく来てくれた。相変わらず洗濯したてのシーツみたいだ。

ベス　つまり、肌をゴシゴシこすりつけたいってわけ？　言葉はただだからなあ。

ヴァルター　どうだい、第三帝国の住み心地は。

ベス　いい報せと悪い報せがあるわ。

ヴァルター　いい報せの方から聞きたいね。

ベス　昨夜、ペンキ屋がエバ・ブラウンの腹の上でくたばった。

ベルトルルト　そりゃビッグニュースだ。で、悪い方は？

ベス　ヒトラーの腹上死は、私の夢だった。

ベルトルルト　ヒムラー率いる親衛隊が強制収容所を管理するんだってな。

ベス　ダハウやリヒテンブルグ、七つの収容所に九千人が送られた。陰惨なベルリンとくらべたら、ここは別世界。澄み切った空気、小鳥のさえずり。そしてやさしい仲間たち……。

ベルトルルト　（駒を打って）辛かったんだね。

ヴァルター　（駒を手にとって）その手に乗るもんか。

ベス　私、ヨミを間違えた。コミュニストの真似をして、金持ちを批判するナチスに資本家やキリスト教会はあくまでも抵抗すると思ってた。でも、彼らはバスに乗り遅れまいと雪崩のようにナチスに入党してる。
ベルトルト　（片隅に連れていって）ゆっくりできるんだろ。
ベス　（見回して）どうしようかなあ。
ベルトルト　海岸沿いに小さな農家が売りに出てるよ。
ベス　今は、どんなの書いてるの。
ベルトルト　第三帝国の庶民の生活の断片で構成された芝居。

そこへ、ヘレーネが「赤スグリとラズベリーですよう」とケーキを持って現れる。

ヘレーネ　（びっくりして）ああ、来てたの。
ベス　今日は。
ヴァルター　懐かしき我が街のゴシップなんぞを聞いてたところなんだ。
ヘレーネ　なんか面白いことある？
ベス　ああ、国立劇場の女優、ほら、ベルリンの神秘って……
ヘレーネ　エミー・ゾンネマン。
ベス　そう。エミーったら、空軍総司令官ゲーリングと結婚したのよ。

ヘレーネ　私、男を見る目がなかったわ。

そこへ、「ハーイ」とルート。

ルート　本日、不幸な亡命者に贈り物があります。なんでしょう。

ヘレーネ　ニシンの燻製？

ルート　残念でした。ブレヒト先生、匂いで当ててください。

ベルトルトの目を左手で押さえ、鼻先に隠していた小箱を持っていく。

ベルトルト　なんでしょう。

ベルトルト　おお、カリブ海の匂いがしますなあ。

ルート　ご名答。ハバナ直輸入の葉巻三箱。

ベルトルト　ああ、こいつのためなら、思想なんて投げうつね。

ヘレーネ　助かるわ。ウィーンのパパから貰ったお金が底をついてきて真っ先に切られるのが煙草代だもの。お世話になってるルート・ベルラウ。

グレーテ　この方が『三文オペラ』の陰の作家、エリーザベト。

ベス　デンマークの女はブスばっかりだと思ってた。

グレーテ　（新聞を出して）ひどい話。
ヴァルター　どうした。
グレーテ　ユダヤ人の妻を持った大学教授が職を失うのを恐れて離婚したんですって。（新聞を見て）ええと、離婚した妻はアムステルダムに出発した。
ベス　グレーテ、あなた、デンマーク語できたっけ。
グレーテ　あなたもルートに教わったらいい。
ベルトルト　僕らは新聞の三面記事を頼りに書いてるが、検閲で実情がわからない。君がベルリンで見たことを話してくれれば……。
ヴァルター　おい、そこにいるのは誰だ！

そこへ、運送屋（風1）。

風1　（デンマーク語で）あの、エリーザベト・ハウプトマンて方は？
ベス　ああ、私よ。
風1　《荷物を届けに来たんだがね》
グレーテ　あなたに荷物を届けに来たんですって。
ベス　ああ。……コペンハーゲンの……ユスタフ・ホテルに届けてって言って。
グレーテ　ええと……。

ルート　《コペンハーゲンのユスタフ・ホテルに届けてください》
風1　《ええ、コペンハーゲンに戻すのかい。そんなら、五千クローネはもらわないとね》
ルート　五千クローネだって。
ベス　あれまあ！　ここまでは千五百クローネで来てくれたのに。（五千クローネをルートに渡す）
ルート　《あんた、千五百の倍は三千でしょう》
風1　《馬鹿にするなよ》
ルート　《事情があるのよ》

二人の会話の間にベスとグレーテ。
ヘレーネがケーキを切り、ベルトルトとベンヤミンはチェスに夢中。

ベス　あの人、ベルトの新しい恋人？
グレーテ　いいえ、国立劇場の女優さん。ご亭主はお医者さまで、コペンハーゲンの名士。ベルトにフォードを買ってくれた。
ベス　フォード！
グレーテ　中古だけどね。今度、ヘレーネと『食肉工場の聖ヨハナ』をやるの。
ルート　（運送屋に）ＯＫ。（ベスに）三千クローネに値切ったわ。
風1　《ふざけた雌豚野郎が……》（と、去る）

ベス　ありがとう。それではみなさん、ごきげんよう。
ベルトルト　ええ、行くの。
ベス　ええ、私、アメリカに亡命したドイツ人に英語を教える仕事があって。その前にみなさんのお顔を見たくって……。
ベルトルト　アメリカかぁ。
ベス　お金儲けがすべてのマハゴニーで実地に資本主義の腐敗を体験してきます。
ヘレーネ　お昼を食べてきなさいよ。
ベス　また、お会いできる日があると信じてます。
グレーテ　車まで送るわ。（ベスの鞄を持って）ニューヨークまでの船賃、高いんでしょう。
ベスの声　おいでよ。向こうで落ち着いたら住所送るから。

グレーテ、ベスを送っていく。

ベスの声　西風が吹いてきたから雨になるよぉ。
ヴァルター　フランス語じゃなく英語を勉強しておきゃあよかった。
ベルトルト　うん。ヒトラーもアメリカを攻めるほど馬鹿じゃない。
ルート　あの人、アメリカに行く途中でここに寄ったんじゃないわ。
ヴァルター　どうして？

ルート　小型トラック一杯の荷物をどうしてコペンからここまで運んでくる必要があるんだって、運ちゃん怒ってた。
ベルトルト　ベス！（立ち上がる）
ヴァルター　引き留めるのはよせ。
ベルトルト　どうして？
ヴァルター　僕らの中で生き延る者が一人いてもいい。その人が僕らの物語を憶えていてくれるから。
ベルトルト　ヴァルター、希望を捨てちゃあいけない。
ヘレーネ　そう。スペインでは共和派が勝利して国王の方が逃げ出したのよ。歴史はジグザグに進むの。
ヴァルター　ルート。ここを訳してくれ。
ルート　「今回制定された純血保護法によれば、ユダヤ人とドイツ人の性交渉は禁止される」
ヴァルター　（立ち上がる）
ルート　「特にユダヤ男性がドイツ女性と性交した場合は人種侮辱罪で死刑に処せられる」
ベルトルト、ヘレーネのスカートに手を突っ込む。
ヘレーネ　コレコレ。
ベルトルト　ドイツ人男性がユダヤ人女性をやっても、死刑にはならんとよ。
ヘレーネ　きゃー！

ベルトルトとヘレーネが歌った。

M-4 **「ヒモのバラッド」**（訳詩／岩淵達治『三文オペラ』より）

ベルトルト いまはもう　昔のこと
俺はお前と一緒に暮らした
お前が俺を養い
俺はヒモで用心棒
こんな暮らしも悪かないさ
客が来れば寝床を出て
邪魔はしないで酒を飲み
金を払う客には
『またどうぞ』と言った
こうして半年暮らした
所帯をもってた女郎屋で

ヘレーネ いまはもう　昔のこと
あんたはやたらに私を抱いた
お金が切れるとあんたはわめいた
『オイ、下着を質に入れろ』と

下着ならばなしで暮らせる
でも　あたしは頭にきたわ
それでなにするつもりかと
聞いたらひどく殴られて
三日も寝ついてしまったわ

二人　すてきな半年だった
所帯を持ってた女郎屋で
あの時分　遠い昔

ベルトルト　今ほど辛くもなかった頃は
ヘレーネ　ふたりが寝るのは昼間だけ
ベルトルト　夜はお前はふさがってたぜ
でも昼間するのも悪くはないさ
ヘレーネ　それからあんたの子ができた
ベルトルト　それからは俺が下に寝た
ヘレーネ　お腹の子をつぶさないように
ベルトルト　でも　その子は流れちまってさ
よかったぜ（わ）　あの半年
二人　所帯を持ってた女郎屋の

【5】銃を取る人々（スヴェンボル）

銃を持った風が客席に向かって撃つ。
鈴が振られた。

風1 ベルリン・オリンピックの開催された一九三六年、七月十八日、スペインの人民戦線政府によってカナリア諸島に左遷されていたフランコ将軍がクーデターを宣言。

風2 セビリア、バルセロナ、アンダルシアの各部隊はこれに呼応し、一斉に蜂起し内戦状態になった。

風3 スペインの人民戦線には世界中から戦う人々が参加している。

ルート しかも社会のあらゆる階層からだ。

ベルトルト ドイツではヒトラーに熱狂した貧しい人たちが、スペインではフランコに向かって銃を取る。

ヴァルター ベルト、私たちの主人公は漁師のおかみさんにしましょう。

グレーテ 「ただいま」と、ヘレーネとローベルト。

ヘレーネ すみませんねえ。ルント先生に運転手をさせちゃって。
ローベルト 美女のお供なら、どこへでも。
ヘレーネ 鮭の燻製いただいたの。（二階に上がる）
ベルトルト （卑屈に）それはそれは。あなたがいらっしゃらなかったら、我々哀れな亡命者はとっくにデンマークの土になっていました。
ローベルト ベルトルトさん。グレーテをすぐ入院させてください。
ルート そう。入院させたほうがいいわ。
ベルトルト 僕たちは今、スペインの漁村の芝居を書いているんです。
ローベルト 君は女性をなんだと思っているんだ。ええ、グレーテは君の奴隷か？　ほら、タイプの打ちすぎで、手がむくんでる。
グレーテ 今、みんなが私たちのお芝居を必要としているの。
ローベルト こないだの、なんだ『丸頭ととんがり頭』、あんなお伽話、子供でも騙せんよ。ええ、だいたい人間が描けてない。人間存在の不可思議さもない。イプセンを勉強したまえ、イプセンを。
グレーテ 静かにしていただけません。
ベルトルト 今が、平和な時代でしたら、人間の不可思議を描くお芝居もいいでしょう。しかし、劇場に来るべき人々の自由が奪われ、他民族に対する憎悪が叫ばれているとき……。
ヴァルター フランコはドイツとイタリアから武器を受け取って各地で優勢なんです。
ローベルト フランコがデンマークへ攻めて来るわけじゃない。

ヴァルター　今、阻止しないとデンマークも戦火にさらされます。

ルート　一週間前、日独防共協定が結ばれたわ。ファシストたちの軍隊が東と西からソ連を挟み打ちにしようとしているのよ。

ローベルト　君らのお好きなソ連じゃ、この夏、レーニンの盟友ジノビエフとカーメネフを銃殺にしたそうじゃないか。

ベルトルト　完璧な国なんかどこにもない。どちらがよりマシかってことです。

ローベルト　少なくともヒトラーの体制になってから、ドイツでは失業者が減りましたよ。

ヴァルター　ナチスは軍需産業に失業者を吸収した。その結果どうなるかだ。

グレーテ　二階に行きましょうか。

ベルトルト　失礼しますよ。

ローベルト　グレーテ、僕は脅かしているんじゃない。今入院すれば、治る。

みんな、二階に上がっていく。

ローベルト　なんて勝手な奴なんだ。ソ連のコロンタイ女史によれば、コミュニストというのは同志の性的欲望の処理までするのが任務のようだな。

ルート　ローベルト。この夏のスイス旅行、あなた一人でいらして。

ローベルト　ええ？　君が行きたいって言ったんじゃないか。

ルート　夏にね、スペインを防衛する作家会議がパリであるの。私、ブレヒト代理で出席するの。
ローベルト　奴はなんで自分で出ないんだ。
ルート　ヘレーネがパリで『カラールのおかみさんの銃』を上演するの。だから、彼は芝居を書きあげなきゃあならないの。
ローベルト　勝手にしろ！（出ていく）

ベルトルト、一人で戻ってくる。

ルート　……。仕方ないのよ。ヘビの夢を見たの。フロイトによると、ヘビっていうのはね……
ベルトルト　フロイトは人間が夜見る夢について書いた。僕たちは、真っ昼間に人々がいっしょに見る夢のお芝居を書かなければならない。
ルート　私、お芝居の書き方なんて知らないもの。
ベルトルト　芝居の書き方なんてないんだよ。昨日の続きから行こうか。（と、メモを出す）
ルート　その前に昨夜の続きがあるでしょう。
ベルトルト　昨夜の続き？
ルート　（ベルトルトの手を自分の体にもっていって）触ってくれないと、カサカサになっちゃう。
ベルトルト　十分みずみずしいよ。
ルート　岬を回ったところに漁師の小屋があるでしょう。あそこ貸してくれるって。漁師さんが。

郵便はがき

101-0064

東京都千代田区
猿楽町二－四－二
（小黒ビル）

而立書房
行

通信欄

而立書房愛読者カード

書　名　ジョルジュ／ブレヒト・オペラ　268—4

御住所　郵便番号

(ふりがな)
御芳名　(　歳)

御職業
学校名)

買上げ　(区)
店名　市　書店

購読
聞雑誌

近よかったと思われた書名

後の出版御希望の本、著者、企画等

籍購入に際して、あなたはどうされていますか

1. 書店にて　2. 直接出版社から

3. 書店に注文して　4. その他

店に1ヶ月何回ぐらい行かれますか

(　月　回)

ベルトルト　君が借りるの？
ルート　だって、コペンからだと六時間もかかるんですもの。あそこに住めばいつでも、できる。
ベルトルト　君をパリに行かせたくなくなった。
風4　一九三七年四月二十六日、小市民Hはスペイン北部の町ゲルニカに「コンドル軍団」を派遣して爆撃。一般市民一六〇〇人が死亡した。

大砲の音が聞こえる。
ヘレーネはカラールのメークを始めた。
大勢の人々が歌った。

M-5 **「全てか無か」**（『コンミューンの日々』より）

人々
虐げられた者を
誰が解き放つか
見つめ　叫びに耳を傾けるのは
奴隷たちだ
死か　生きるか　全てか無
ひとりに　救いはない　銃か鎖か

死か　生きるか　全てか無か
(Einer Kann sich da nicht vetten
Geuher oder Ketten Keiner oder Alles,
Alles oder Nicht)

人々の中にルートが加わる。

ベルトルルト　ルート！　なんでそんな所にいる？

ルート　愛するベルトルルト。パリからマドリードに着いた私は、国際義勇軍に志願し、フランコの部隊と戦っています。

ベルトルルト　なんだと、銃を持って前線に出た？　僕は君に会議に出てくれと言ったので、前線に出ろなんて言っていない。銃を捨てて帰ってこい。

ルート　私たちが反乱軍に立ち向かわないで誰が立ち向かうの？

ベルトルルト　君の手はペンを握るためにある。銃を握るためにじゃない。

ルート　カラールのおかみさんの手だって、銃を握るためにあったんじゃない。

ベルトルルト　もしも、雨だれの一粒が、君の頭に当たったら。

飢え　渇えた者に

誰が与えるのか
パンが欲しければ　俺たちと行くんだ
飢えた　同志

死か　生きるか　全てか無
ひとりに　救いはない　銃か鎖か
死か　生きるか　全てか無か
(Einer Kann sich da nicht vetten
　Geuher oder Ketten Keiner oder Alles,
　Alles oder Nicht)

風2　一九三七年十月、小市民Bの妻ヘレーネは、パリの亡命者劇団の『カラールのおかみさんの銃』に客演した。

トラックの音と軍歌。
息子と労働者が窓辺に行って外を見る。

指揮官（風4）　アディン　ドウヴァ

風たち

風3　あれは国際旅団だ。これからモトリルの前線に増援にまわされたんだ。

指揮官（風2）　Eins《アイン》. zwei《ツヴァイ》.

風たち　Eins. zwei.

風3　あれはポーランドからの部隊だ。今夜が天下分け目の戦いなんだ。

ヘレーネ　鉄砲を出してすぐ準備しな。ホセ！　パンも焼き上がった。

労働者が箱から銃を取り出す。
パンを取り出した母親は銃を掴む。

息子（風4）　母ちゃんもいっしょに来んのか？

ヘレーネ　ああ、奴らにやられたファンの敵討ちだ。

ヘレーネは、銃を持って戸口に向かう。

ベルトルト　愛おしい女と離ればなれ
弱虫の心は乱れている

ルート　今日は名も知らぬ草原で戦うの

ベルトルト　返してくれ
くしゃくしゃの君の笑い顔
ヘレーネ　カラールを生きたのは私
ベルトルト　鉄砲を捨てて生き延びろ
二人（ヘレーネ、ルート）　カラールに重い銃を取らせたのは私
指揮官　Uno《ウノ》. dos《ドス》.
風たち　Uno. dos.
ベルトルト　北国のベッドは凍り付いて
弱虫の体はかじかんでる
ルート　明日も名も知らぬ子供を助ける
ベルトルト　返してくれ
柔らかなあの唇を
ヘレーネ　カラールを戦場に呼んだのは私
ベルトルト　戦線を捨てて生き延びろ
二人（ヘレーネ、ルート）　カラールを銃の前に立たせたのは私
人々　打ちひしがれた者の
仇を果たすのは
打たれた者たち

傷つけられつづけた　俺たちだ
　死か　生きるか　全てか無
　ひとりに　救いはない　銃か鎖か
　(Einer Kann sich da nicht vetten
　Geuher oder Ketten Keiner oder Alles,
　　Alles oder Nicht)

第二幕

【6】洪水の前に（パリ・一九三八）

机に、ベルトルトとヴァルター。

風3　一九三八年、小市民Hはデュッセルドルフにおける退廃芸術展に小市民Bの作品を陳列した。

風4　同年秋、小市民Bの妻ヘレーネ・ヴァイゲルはパリのイレナ劇場で、ナチ政権下に暮らす人々の報告を二十七の場面にモンタージュした『第三帝国の恐怖と悲惨』に出演。「ユダヤ人の妻」他、三つの役を演じた。

シャンソンが聞こえてくる。
ヘレーネがやってきた。

ヴァルター　ヘレーネ、素晴らしかったよ。ブールバールで砂糖菓子のような芝居にうつつを抜かしてるパリ野郎ども。奴ら、ヒトラーがやってきたらどんな生活が待っているかを知って背筋が凍ったろう。

ベルトルト　シャンゼリゼのカフェーからは、スペインのフランコの圧制は見えない。

ヴァルター　僕には見えるよ。凱旋門を埋め尽くすかぎ十字の旗の波。フランスは北にヒトラー、南にフランコだ。

ベルトルト　わかっているのだったら、デンマークに来いよ。

ヴァルター　今取り組んでいる都市論はパリでなきゃ書けないんだ。人の目に見えるものはみな崩れる。

ベルトルト　ウィーンに連絡取れた？

ヘレーネ　（首を振る）今朝から二十回はかけたわ。

ヴァルター　なんだって。君の両親はまだ、ウィーンにいたのか。

ベルトルト　君がパリに居座っているようにね。

ヘレーネ　人は昨日まで続いた生活が、明日には失われるなんて信じられないのよ。

ヴァルター　ヒトラーがオーストリアを併合した翌日には、ウィーンのロスチャイルドの邸宅にナチスの親衛隊が押し入っているんだぜ。

遠くに汽車の汽笛。

年老いた父オットーに外套を着せる母。

ベルトルト　（ヘレーネを抱いて）大丈夫だよ。ご両親はなんとか生き延びているよ。

ヘレーネ　ウィーンのガス会社はユダヤ人へのガスの供給を止めました。どうしてだかわかる？

ベルトルト　どうしてだい。

ヘレーネ　ユダヤ人はみんなガス自殺をして料金を払わなかったからよ。

ベルトルト　君たちは辛い時にとびきりのジョークを飛ばすんだ。

ヴァルター　ヘブライ語でジョークはホフマ。ホフマの元の意味は知恵。僕たちにはいつも知恵が必要なんだ。

金網が開き、二人は中に消えた。
机に仲間たちが集まり、ルートが新聞を読んだ。

ルート　ストックホルムに亡命中のユダヤ人物理学者リーゼ・マイトナーは、ベルリン大学のハーン教授の核分裂に関する仮説を実験によって確認した。ウランやプルトニュームのような重い原子が核分裂を起こすとき、莫大なエネルギーを放出する。

ベルトルト　このエネルギーを利用できれば、ノーベルが発明したダイナマイトの何万倍の爆弾を作ることができる。

ルート　私たちの二十世紀は民衆が歴史の主人公になり、科学技術も飛躍的に発達している。科学と民衆が二十世紀のキーワードだ。あなたの説に賛成するわ。

ベルトルト　しかし科学者は農作機械や工場を作り民衆を過酷な労働から解き放った一方で、大量の殺戮兵器を作り出した。科学を本当に民衆のために使うこと。民衆の幸福のために仕事をしている科学者。

グレーテ　それでガリレオ・ガリレイなの。

ベルトルルト　ルート。君のガリレオはどんな男だ。
ルート　宇宙の真理を知って、ローマ法王庁の強大な権力と闘った科学者。
ベルトルルト　ちがう。異端審問官に拷問の機械を見せられて、また次の朝、鶩鳥の丸焼きが食べたくて、地球が太陽の周りを回っているという自説を撤回した男だ。ガリレオの目でガリレオを見てごらん。
ルート　ガリレオの目？
ベルトルルト　ガリレオは揺れるシャンデリアを見て振り子の運動を観察した。シャンデリアを見たのはガリレオが最初じゃない。誰でもが見慣れたものだ。だが、誰一人として振り子の法則を見いだすことはなかった。
グレーテ　つまり、真理はシャンデリアにではなく、ガリレオの異様なまなざしにある。
ベルトルルト　君はスペインの国際旅団にいながら、どうしてアナーキストとコミュニストと民主主義者がいっしょに戦えなかったか、それが見えなかった。
ルート　見慣れたこの世界に隠されているモノを視る……。
ベルトルルト　グレーテ。ガリレオに関する資料。
グレーテ　はい。

ルートが歌った。

M-6「ソロモン・ソング」（訳詩／岩淵達治『三文オペラ』より）

ルート

皆さん御存知
美女クレオパトラ！
皇帝を二人も騙して
媚を売って暮らしたが
色香も褪せて死んだ
綺麗だったよ　この娼婦
彼女の末路は
知らぬ者はない
これも綺麗だったおかげ
不美人が羨ましいよ

皆さん御存知
勇者のシーザー
神のように崇められ
それでも親友に殺された！
一番威勢の良い時に

お前もか　息子ブルータス！
その彼の末路を
知らぬ者はない
これも勇気があったおかげ
臆病者が羨ましいよ

皆さん御存知
好奇心の塊ブレヒト！
やたらと疑問を投げかけて
この世の仕組みを尋ねすぎ
国外追放になった！
知りたがりだったベルトルト
こいつの末路を知らぬ者はない
これも知りたがったおかげ
そうでない奴が羨ましいよ

【7】もう一つの悲劇（モスクワ・一九三八）

教会の鐘の音でアーシャとセルゲイが浮かんだ。
スーツケースを持ったベルトルト。
アーシャ、駆け寄る。

セルゲイ　コミンテルン第七回大会で、六十五か国の代表がナチスドイツに対抗するための統一戦線を結成しました。
ベルトルト　ナチズムと敢然と戦うのはソ連邦です。このモスクワにはヒトラーの圧制を逃れてやってきた亡命ドイツ人がたくさんいます。彼らのためのドイツ語劇団が作れないでしょうか。
セルゲイ　……。
アーシャ　難しいわ。
ベルトルト　ドイツを離れて三年、ヘレーネを舞台に立たしてやりたいのです。
セルゲイ　同志ブレヒト。私、今から会議がありますから……
ベルトルト　それはどうも。

セルゲイ、そそくさと去る。

ベルトルト　セルゲイ、どうしたんだ。なんだかよそよそしい。
アーシャ　（声を潜めて）ベルトルト、気をつけて。この国の権力者は思ってる。ブレヒトの芝居はフランツ・カフカなどと同じブルジョワの退廃文学だって。
ベルトルト　ヒトラーも僕の作品を退廃芸術に指定してくれたよ。
アーシャ　日本の歌舞伎の手法やイタリーのコメディア・ディラルテを取り入れたメイエルホリトも外国崇拝の形式主義者だって批判されているの。セルゲイも危ないのよ。
ベルトルト　支那の仮面劇やギリシャ劇のコロスの歌の使い方を真似た僕も形式主義者ってわけだ。
アーシャ　そういうこと。
ベルトルト　なんで芸術家を強制収容所に入れなきゃいけないんだ？
アーシャ　（ベルトルトの口を押さえて）あなたはこの国ではヒトラーと闘うドイツの有名作家。リムジンのお出迎えでソヴィエッツカヤ・ホテルにお泊まりの大切なお客様。だから雑誌に形式主義批判に対する反論を書いても、黙認される。
ベルトルト　リアリズムは多様なんだ。
アーシャ　あなたは何を言っても許される。でも、当局はあなたが社会主義リアリズムに批判的なのは知っている。だから、あなたとつき合うロシア人をマークしているの。
ベルトルト　君も？
アーシャ　もちろんよ。（小声で）見ちゃ駄目よ。窓際のテーブルでイズベスチヤを読んでる男。
ベルトルト　……。

アーシャ　もしも、あなたがソ連に亡命してこの国の市民になったら、判るわ。
ベルトルト　ヴァルターを亡命させる話は？
アーシャ　もってのほかよ。そう伝えて。
ベルトルト　信じられない。
アーシャ　地下鉄の開通式にも招かれるお客様にはわからない。
ベルトルト　あの大理石の地下鉄の駅にはぶったまげた。
アーシャ　そう。国賓にはソビエトの現実の矛盾を見ないで帰ってもらいたい。

【8】追いつめられて（スヴェンボル・一九三九）

スヴェンボル。

グレーテが一人でタイプを打っている。

ヘレーネ　グレーテ、何を打ってるの。

グレーテ　今のうちに『第三帝国』のコピーを作って、ニューヨークとロンドンとチューリッヒに送っておきたいんです。どれか一冊は戦争の後に残るでしょう。

ヘレーネ　そんなに根詰めると、あんたが戦争が終わるまで生き残れないよ。

そこへ、マリーが「新聞届きました」と、入ってくる。

ヘレーネ　新聞は、旦那様が一番に見るの。

マリー　旦那様ならベルラウさんの小屋に行ってるよ。

ヘレーネ　あっそう。

マリー　奥さん、どうして男って新しい女がいいんだろうね。

ヘレーネ　どうしてかねえ。

グレーテ　ベルトに男って勝手ねって言ったら、おもしろい。君、誠実な女とずる賢い男の芝居を書いてみたまえだって。

マリー　だいたいデンマークの女は騒々しいね。なにがヤッホーだ。

そこへ「ヤッホー」とルート、続いてベルトルト。

ベルトルト　ルートがノルウェイの博物館から掘り出し物を見つけたぞ。

ルート　（本を出して）『見習い士官スタール』。転戦する軍隊の後を幌馬車引いてついていく肝っ玉母さんの話。兵隊に酒や雑貨を売りつけて稼ぐ母さんは、戦争は儲かると信じてる。だから父親のちがう三人の子供を次から次へと戦争で失っても、軍隊についていく。

マリー　馬鹿だねえ、そのおっ母は。

ヘレーネ　体験を経験化できない女は不幸になる……。

ベルトルト　生物の実験に使われるモルモットは生物学を習得はしないが、生物学には貢献する。つまり、観客の方が愚かな女の行動から学ぶことができればいい。

ルート　人生は授業料の恐ろしく高い学校である。ベルトルト・ブレヒト。

ヘレーネ　こんな時代にお芝居をやろうと考えるのが無理よ。どこかの町で居酒屋でもやってひっそり暮らそうよ。

ベルトルト　ヘレーネ、君らしくないよ。

ヘレーネ　もう、デンマークはたくさん。

ベルトルト　ヘレーネ、こんな時代だからこそ芝居が必要なんだ。

ヘレーネ　だから、どこで上演するの。（新聞を見る）

ベルトルト　まだ、ヒトラーの土足が入っていない、スウェーデン、ロンドン。僕たちはドイツ国籍を抹殺された。どこの国の人間でもない。

ヘレーネ　でも、私はスウェーデン語も、英語もフランス語もできない。

ルート　そこで思いついたの。肝っ玉には兵隊に乱暴されて口の利けなくなった娘がいる。娘は太鼓を持って屋根にのぼり、町の人たちに軍隊が攻めてくることを知らせるの。あなたの役よ。

グレーテ、新聞をベルトルトに渡す。
屋根の上にあがったヘレーネがデデンデデンと太鼓を叩く。

風3　一九三九年八月二十三日、ドイツはソ連と独ソ不可侵条約を締結。

風4　一週間後の九月一日、ドイツ、ポーランド急襲。

風3　二日後、英仏は、ドイツに宣戦布告。第二次世界大戦始まる。

ベルトルト　ああ、僕は糞野郎だ。のろまの阿呆だ。

グレーテ　ベルトルト！

ベルトルト　芝居は締め切りまでに書けなきゃあならないんだ。

グレーテ　私たちは精いっぱいやったわ。

ベルトルト　いいや、『肝っ玉』は初日に間に合わなかった。ヘレーネはヒトラーが軍隊を動かす前に、肝っ玉を演じなければならなかった。なのに、僕たちは……

ヘレーネ　私たちは正規軍じゃないもの。武器も食料も自分たちで調達してるんだもの。みんな無給の志願兵ですもの。

ベルトルト　ヒトラーの軍隊は、兵員も武器も僕たちのちっぽけな部隊を圧倒している。

ヘレーネとベルトルトが歌った。

M-7 **「後の世の人々へ」**（『スヴェンボルの詩』より）

ぼくが街に来たのは　飢えと混乱の時代
デモのただなかスクラム組んで　僕は立ち上がった
こうして僕に与えられた時は過ぎた

三人　めしを食うのは戦いの合間
仮寝の宿は殺し屋の足元
愛の夢も育てず　花を見ればいらだった
こうして僕に与えられた時は過ぎた

道を行けば　泥沼にはまる
物を言えば　敵に知られる
出来たことは少ない
だが支配者を安らかには
眠らせなかった
こうして僕に与えられた時は過ぎた

力及ばず　ゴールは遠かった
僕には届かなかったが　はっきりと見えた
こうして僕に与えられた時は過ぎた

ヘレーネとグレーテとマリーが船に乗り込んだ。

ルート　スウェーデンから手紙ちょうだい。
ベルトルト　デンマーク語で愛してるはなんと書く。
ルート　愛してるは略してＪＥＤ。
ベルトルト　ＪＥＤね。

【9】観客のいない演劇について（スウェーデン・一九三九）

霧が立ちこめた船の上。

マリー　お肉は？
グレーテ　牛肉がnötkött, 豚肉がfräskött.
ヘレーネ　グレーテ、スウェーデン語、勉強していたの。
グレーテ　いずれはデンマークを追い出されることになると思っていましたから。
マリー　人参はなんてんだい。
グレーテ　morot.
マリー　おいくらですか？
グレーテ　Vad kostar det?
ヘレーネ　また一から覚えなきゃあ。
マリー　寒いんだってねえ、そのリディンゲーって島。

汽笛。

ベルトルト　孤島に流れ着いたのが男二人と女一人だったら何をするか。スペインの男だったら一人の女を巡って決闘だ。

ヘレーネ　フランスの女は片方の男と結婚し、もう片方と浮気をする。

グレーテ　ロシアの女は愛していない方の男と結婚してしまい、三人は川辺に腰を下ろして果てしなく己が人生を嘆き悲しむ。

ベルトルト　スウェーデンじゃな、男同士が愛し合っちゃうから、女は一人自分を慰める。スウェーデンも悪くない。

ヘレーネ　ドイツ人なら片方は結婚し、残った方を戦場が始末して帳尻が合う。

ベルトルト　ヘリ。お母さんからもらったネックレスは、どうしたんだ。

ヘレーネ　シュテファンとバルバラの冬のコートに化けたわ。

風2　ブレヒト一家がスウェーデンに亡命した半年後の三九年十一月三十日、

風3　ソ連軍が宣戦布告なくフィンランドに侵攻。

ベルトルトが首に児童用エプロンを巻き、ヘレーネが鋏で髪を切っている。
ベルトルトはタイプ原稿を見ている。

ヘレーネ　よしと。こっち側をもうちょっと。

ベルトルト　もう、いいよ。（立ち上がる）

ヘレーネ　もう五分我慢すりゃあ、スウェーデンの女の子にももてるのにな。

ベルトルト　亡命は認めます。しかし、国内で商売しては困ります、とスウェーデン政府は宣う。ロンドンの劇場に出す売り込みの手紙、できてるかい。

グレーテ　ええ。亡命したのは空の鳥じゃない。明日の糧を思い煩う人間なのに。

ベルトルト　（グレーテに原稿を戻して）男に惚れたばっかりに気のいい娼婦が人生を台無しにする。いいね。食い物にするのはどんな男だろう。

ヘレーネ　劇作家というのは基本的に嘘つきだからね。

ベルトルト　奴は飛行機の操縦士。

グレーテ　リンドバーグ！

ベルトルト　郵便飛行機会社を首になった飛行士が首を吊ろうとしているところにシェン・テが通りかかる。（グレーテ、メモを取る）

グレーテ　どうしてシェン・テはその飛行士に惚れたんだろう？

ベルトルト　女が惚れるに理由なんかありゃしない。その晩、雨が降ってたからさ。行ってくるよ。

出ていく。

ヘレーネ　今度は支那の寓話をかっぱらうの？

グレーテ　（タイプライターに紙をセットして）パリの中華レストランにセツアン料理ってあったのを思い出したの。図書館で調べたら、中国では四つの川って書いてセツアンて読むんだって。

グレーテがタイプを叩き出す。
そこへ、「ぜんぜん言葉わからん」とマリー。

ヘレーネ 挽肉買えた？
マリー 高いんだか安いんだか。
ヘレーネ 夜は久しぶりにマンマス・チョット・ブッラルにしようと思って、二階から飛び降りて挽肉買ったのよ。
グレーテ 母さんの肉団子。
ヘレーネ 食べ物のこととなると、あの人保守的なんだから。
グレーテ （笑う）湯気の立つソーセージとロールパン。五ペニヒのアイスクリームとビヤ・ホールから聞こえてくるポルカ。
ヘレーネ グレーテ。
グレーテ はい。
ヘレーネ 貧乏してるけど私は今、幸せ。デンマークとちがってここは静か……。
グレーテ ヘリ、あなたはどうしてそんなに我慢強いの。
ヘレーネ 私が今この世界に生きているのはなぜだろうかって考える。誰のために生きるのか。
グレーテ でも、ベルトは、献身や自己犠牲は自分の人生に責任をとりたくない者の感情だって言ってるわ。

グレーテ　どこに？

ヘレーネ　ブレヒトじゃない。あの人の書くお芝居の観客が私には見える。

そこへ「ヤッホー」とルート。

ルート　遠かったぁ。ああ、いい所ねえ。（と、タイプを覗く）新作に取りかかっているの？

グレーテ　ええ、『セツアンの善人』というんです。

ルート　ああ、支那のセツアンて町に神様が善人を求めてやってくる。でも、神様に宿を提供したのは貧しい淫売のシェン・テ一人だった。ベルトルトからの手紙に書いてあった。

グレーテ　神様からお金を貰ったシェン・テの所に貧しい人たちが押し寄せてきて、身ぐるみ剝いで行くのです。そこで、シェン・テは従兄弟のシュイ・タを登場させるのです。シュイ・タは男装したシェン・テ自身が演じているんです。

ルート　つまり、シュイ・タは資本主義にはなくてはならない人物。必要悪。コピー一冊ちょうだい。

グレーテ　……。

ヘレーネ　今回はなんの御用？

ルート　（ハンドバッグから台本を出して）ベルトと書いた『鉄はいくらか』って芝居をストックホルムで上演するの。中立国スウェーデンが陰でナチスに鉄鋼を売っている事実を暴くの。なにか？

ヘレーネ　いえ、お泊まりになるとこあるのかって。
ルート　心配ご無用、私ね、テント持ってきたの。
グレーテ　テント？
ルート　途中見てきたら、船着き場の上に格好の場所みっけたわ。あそこならトイレもあるし水も使える。
ヘレーネ　ここ、スウェーデンですよ。五月に、雪、降りますよ。
ルート　そうでしょうねえ。

そこへ、車の音。

ルート　ああ、ベルト、帰ってきた。お帰りなさーい。（出ていく）

沈黙。

ヘレーネ　また、平和が崩れる。
マリー　本当にずうずうしいんだから。（去る）
グレーテ　ヘリ、私、ずっとあなたには邪魔な女だったでしょ。
ヘレーネ　あなたはブレヒトに必要な人だもの。

グレーテ　ソ連の文化官僚みたいな言い方しないで。

ヘレーネ　ブレヒトは言ってる。だいたい、作家なんて中産階級の人間ばっかりだ。だから、虐げられた者の生活なんて知りゃしない。グレーテは知ってる。貧しい人々がいかにずる賢いか。そして貧乏がいかに人間を曲げてしまうか。

二人、歌いながらやってくる。

ヘレーネ　静かにして。子どもたちの昼寝の時間なんですから。

ベルトルト　ほら、怒られちゃった。

ヘレーネ　ブレヒトさん。今日は、はっきり言うわ。私とグレーテはあなたの身勝手にもう我慢ができないの。ルートにデンマークへ帰ってもらって。

ベルトルト　いや、ダメだ。

風4　一九四〇年四月九日、小市民Hの軍隊はデンマーク、ノルウェイに電撃作戦を敢行。デンマークは抵抗することなく占領された。

グレーテ　次はスウェーデンに攻めて来る。

ルート　一昨年、コペンハーゲンで『ニスカヴォリの女たち』ってフィンランドの芝居やったでしょ。

ベルトルト　ヘッラ・ヴォリヨキか。

ルート　彼女の招待状があれば、ヘルシンキに入れます。

ベルトルルト　（卑屈に）ベルラウさん、あなたがいなかったら、私たち一家はフムレ公園で野宿する難民の群れにいるでしょう。

ヘレーネ　ヘッラって女流作家なの。

ルート　とっくに五十を越えたお婆さんですから、ご心配なく。

【10】北端の楽園にて（フィンランド・一九四〇）

風1　ヘッラ・ヴォリヨキ、フィンランドに広大な農地を持つ劇作家。

ヘッラが手を振っている。

グレーテ　ここがあなたの農地ですか。
ヘッラ　あそこに木がボショボショっとあるでしょ。あそこまで。
グレーテ　五百ヘクタールの土地を持つ大地主が社会主義者なんて。
ヘッラ　この先に住むプンティラって旦那はね、フィンランドのバッカスと呼ばれた大酒飲みなんだ。氷の張った沼を渡るのに、どこにひびが入ってるかわかんない。プンティラの旦那は怖いから、小作人に先を歩かせて、向こう岸にたどり着いたら、お前に馬を一頭やるって約束したんだよ。

ベルトルトが合図するので、グレーテは繕い物をやめて、そっとヘッラの話をメモし始める。

ヘッラ　沼の真ん中まで来ると、旦那は「お前がうまく道を見つけてわしがはまらなんだら仔牛を一頭やるぞ」って。それから村の灯が見えてくると、今度は「頑張れよ、時計を一丁ものにするんだぜ」。向こう岸から五十メートル手前じゃ、まだ「じゃが薯一袋だぞ」、いよいよ渡ってしまうと、旦那は一マルク渡して「だいぶ手間取ったな」だって。このプンティラ旦那の話、芝居にならんかね。

ランプの下、大きな机を囲んで、グレーテは靴下を繕い、ヘレーネはセーターを編んでいる。

ヘッラ　見てごらん。グレーテは靴下を繕うのに電球を使ってる。これが貧乏人の知恵というものさ。

ヘレーネ　今度ヘルシンキに出たときに靴下を買おうね。

グレーテ　まだ、履けますから。

ベルトルト　プンティラの話、いっしょに書いていただけますか。

ヘッラ　フィンランド劇作家協会が新作戯曲の懸賞募集をしてる。あれにチャレンジしてみるか。

ベルトルト　グレーテの靴下が買えるんだったら、なんでもしますよ。

ヘッラ　プンティラの旦那は、普段は人使いの荒い旦那だが、いったん酒をきこしめすと人情家になっちまって、運転手に自分の娘をやろうなんて言い出すんだよ。

ベルトルト　『街の灯』でチャップリン扮する億万長者は酔っぱらったときだけ人情家、あれをかっぱらおう。

ルート　（入ってくる）茸を取ってきた。

ヘッラ　ほう。これははらたけ。バターで炒めレモンづけにするの。こういう小さいのがおいしいんだ。

ルート　ここじゃあ、厳しい冬が過ぎて一気に夏がやってくるのね。

グレーテ　夜の十一時だというのにツグミが鳴いてました。この国の小鳥たちはいつ眠るんですか。

ヘッラ　夜ばっかりの冬に寝だめしとくのさ。お茶にしようかね。

ルート　今から、おいしいマフィンを焼くから。

ベルトルト　マフィンか。

ヘッラ　私の子供の頃は、冬になると来る日も来る日も鯡《にしん》の塩漬けのスープだったよ。

ベルトルト　貧乏人は鯡食えか。（グレーテがメモを取った）昨夜のタマネギ入りスープ、うまかった。

人々は、ささやかな楽園から遠くを見た。

チェス盤のそばに、ヴァルターがいる。

ベルトルト　（立ち上がって）なんだ、その胸のバッジは？（と、ヴァルターのそばへ）

ヴァルター　六月の十四日にパリが陥落してね。フランスに帰化したユダヤ人は、胸にダビデの星をつけることになったんだ。

ベルトルト　ダビデの星……

ヴァルター　夜中に空襲警報が発令されて防空壕に入ってくる人たちは三種類いる。こんばんはと挨拶する人は、まだベッドに入っていなかった人たち。お早うと入って来るのは、これは早寝をした人たち。「ハイル・ヒトラー」と入って来るのは、まだ目が覚めていない人たち。

ベルトルト　いつまでパリに頑張るつもりだ。早く逃げて来いよ。（駒を動かして）王の早逃げ三手の得。

ヴァルター　ヒトラーの軍隊は今にデンマーク国境を越えるよ。桂馬の高飛び歩の餌食。この八月、メキシコに亡命したトロツキーがスターリンの放った暗殺者にピッケルで殺されたよ。さあ、そろそろ僕は行かなくっちゃあ。

ベルトルト　どこへ行くんだい。

ヴァルター　（小声で）ジュネーブにいるマダム・ファヴェがアメリカのヴィザを手に入れてくれる手はずになっている。ハバナかサン・ドミンゴに行きたい。じゃあ元気で。（ニコニコしながら去る）

ベルトルト　ヴァルター。僕たちはこの十五年の間、苦しいときも泥道をいっしょに歩いて来たじゃないか。おーい。

風3　一九四〇年九月二十七日、小市民Hは日本とイタリアを盟友とすべく三国同盟を結んだ。

風2　同じ二十七日、小市民Bは盟友を失った。ヴァルター・ベンヤミン、スペイン国境で自殺。

ベルトルト　梨の木陰で八年、僕たちはチェスで戦った。君の好きな戦法は、敵の消耗を待つ持久戦。敵はへこたれるどころか、今も暴力を振るってる。国を追われて八年。君はすべてを見ていた。じっと動かずに。そんな君が一歩踏み出したとき……

ベルトルトが手紙を書き始める。
ルートが、スーツケースに衣類を詰めている。

ルート　君たちデンマーク人はユーモアがありすぎるから、ファッシズムを甘く見ていた。君たちの論理はこうだ。デンマーク産の豚を買い入れないとドイツはフランクフルトソーセージが作れない。もしナチが鉦や太鼓でパレードをやって、マイクで演説なんかすると、豚がびっくりして死んでしまうから攻めてなんか来ないって。しかしデンマーク語の冗談はドイツ語に翻訳不能で、ドイツ兵はおかまいなくデンマークに進軍したわけだ。フィンランドに来れないか。君のためでなく、僕のために。JED。

ローベルトが入ってくる。

ローベルト モスクワまで自転車で行った二十歳の君はまぶしかった。しかし、君はもう若くはない。
ルート 年を取ったから冒険をしなくなるんじゃないわ。冒険をしなくなるから年を取るの。
ローベルト 祖国を棄てるのか。
ルート ずいぶん前から祖国じゃない。
ローベルト 君の夫はこの国に踏みとどまるよ。
ルート ずいぶん前から夫婦じゃない。
ローベルト 二十歳も年上の僕と結婚してくれた君に感謝していた。君には不自由させなかったはずだ。フォードも買ってやった。ブレヒト詩集も出版した。そのお返しが、これか！
ルート ……
ローベルト 今まで、君の献身に奴は、何をしてくれたんだ？

ルート　……。
ローベルト　王立劇場専属女優の地位も、デンマーク語も、この屋敷も、十五年連れ添った亭主も棄てて行くのか。
ルート　ごめんなさい。（スーツケースを持って歩き出す）
ローベルト　フィンランドまで追っかけていけば、あの男は結婚してくれるのかい？（追いかける）

グレーテが辞書を引き引き新聞を読んでいる。

グレーテ　アメリカのルーズベルト大統領は恒例のラジオ放送で、国民に語りかけた。西欧文明は過去最大の……ちょっと待って。（辞書を引く）
ヘレーネ　ブレヒトは六年前、僕たちは亡命地の言葉を覚える前にドイツに帰れると言ったわ。（コートを着ながら）グレーテはせっかくスウェーデン語をマスターしたのに、一年で役立たず。
ベルトルト　僕が唯一理解できるドイツ語の放送はペンキ屋をほめ称えてばかりだし、グレーテの読んでくれる新聞がなかったら、ロビンソン・クルーソーだ。

そこへ、ヘッラが「そろそろ行こう」と入って来る。

グレーテ　ヘッラ、ちょっと。この単語。

ヘッラ　危機。「西欧文明は過去最大の危機にさらされている」。
ベルトルト　アメリカもカラールのおかみさんのように武器を取るか。
ヘレーネ　では、天の恵みを摘みに行ってきます。（二人出ていく）
ベルトルト　ヘッラはこの農場を手放すかもしれない。
グレーテ　本当？
ベルトルト　経営がうまくいってないらしいんだ。さっき、ヘレーネに聞かせたくない記事、読まなかったろう。
グレーテ　うん。（読んで）ここ、ワルシャワ市の一角に三十六万人を隔離するゲットーができた。ここでユダヤ人に許された食事は一日一八四カロリーである。ねえ、希望がまったく失われたとき、人間はどう生きればいいの。
ベルトルト　まったく希望がないとき、どんな芝居を書いたらいい。（グレーテの手を握って）朝方、沼地の畔を歩いていたら、鴨の群れが餌を探していた。南の国から飛んできた奴らには国境線がなくていいなと思った。そん中に一羽、片方しか足のない奴がいて、ケンケンしながら必死で餌を探している。あいつを見ながら、思った。動物はどんな悲惨な事態になっても、愚痴を言わず精いっぱい知恵を絞って生き延びるんだ。

鉄格子の窓口を、ベルトルトとグレーテとヘレーネとルートが駆け回る。

ルート　世界中、アメリカ以外にブレヒトの芝居を上演できる場所はなくなってしまったんです。
風4　この四十年で、ヨーロッパから我が国に入った落ちこぼれは二千五百万人だからね。
ヘレーネ　市民権を剝奪されている人間はどこの国の人間でもない。だからヴィザは発給できない？　市民権がないと人間じゃないんですか。
風2　金、出せば人間だと認めてやるよ。
風4　合衆国は自由主義の国です。あなたが変なイデオロギーを持っていないことを証明してください。
ベルトルト　ピストルを持っていないことを証明するには身体検査をすればいい。しかし、イデオロギーを持っていないことを証明するのは不可能です。
グレーテ　アメリカへ行くために、ソ連を通過するだけなんです。
風3　シュテフィンさんは残念ながら身体検査にパスできませんでした。
ヘレーネ　あの人の病巣は固まっています。なんとかメキシコへのヴィザを。
風3　どこが固まってるのかね、セニョリータ。(胸に手を出す)
ルート　ロシア語ができるのはグレーテだけなんです。観光ヴィザでも結構ですから。
風1　君、西回りならアメリカなんて目と鼻の先だよ。なんでユーラシア大陸を横断するんだね。
ルート　大西洋はUボートの天下なんだぐらい知ってるでしょ。
グレーテ　彼の奥さんはユダヤ人なんです。あなた方はユダヤ人を見殺しにするんですか。
風2　ロシアでもユダヤ人は嫌われとるがな。

【11】同志は倒れぬ（モスクワ・一九四一）

教会の鐘が鳴る。
アーシャ、「ベルトルト」と走ってきて抱き合う。

ベルトルト アーシャ（抱いて）何も言うな、何も。ヴァルターは、賄賂欲しさの国境警備員の脅しを信じちまって。
アーシャ あなたは逃げ足の早い臆病者だからこうして会えた。
ベルトルト トレチャコーフは？　できればメイエルホリトにも会っておきたいんだ。

アーシャ、「ちょっと」とベルトルトを片隅に連れ込んだ。

ベルトルト やられたのはトレチャコーフかメイエルホリトか。
アーシャ （首を振る）二人とも、日本のスパイだったなんて信じられる？
ベルトルト 二人とも。
アーシャ 芸術家が次々にやられてるの。
ベルトルト チェーホフやチャイコフスキーを生んだ国が、革命の後、文化を抹殺するなんて想像もしなかった。

ヘレーネ、やってくる。

ヘレーネ　アーシャ。

ベルトルト　メジュドゥナロードナヤ書店はグレーテの翻訳料を支払ってくれた。

ヘレーネ　ルーブルしか受け取れないと頑張るのを、グレーテが三時間頑張って、太平洋航路の切符、買えました。

ベルトルト　君に連絡が取れなかったから、グレーテのロシア語だけが頼りでね。

アーシャ　できること、何でもするわ。

ヘレーネ　アーシャ、グレーテの入れる病院を探して。栄養失調と心労でもう口も利けないの。

ベルトルト　グレーテをドイツから呼び出したのは僕だ。粗末な食事が結核を悪化させた。

医師たちがグレーテを机に載せる。

ベルトルト　ヴィザが取れなくてね。疲れとフィンランドでの栄養不足が重なって、グレーテは汽車に乗れない。

アーシャ　この汽車に乗らないとサンフランシスコ行きの船に間に合わない。

ベルトルト　船を一つ遅らせよう。

アーシャ　メイエルホリトたちはスターリンに殺された。あなたはペンキ屋より長生きをしなくちゃあ。

医師たちがグレーテを診察する。

風1　結核菌が静脈核リンパ腺に達している。
アーシャ　できるかぎりのことをして。
風1　絶対安静しかないね。
グレーテ　（うわごと）早く箱に詰めて。あたしたちの脚本が燃やされる。
アーシャ　病院に個室をもらえました。私が責任を持ってグレーテの面倒を見るわ。
ベルトルト　グレーテを置いて行くわけにはいかないよ。
アーシャ　（首を振る）今、ここでは日本とドイツから来た文化人が次々に銃殺されてる。早くこの国を出て。

汽笛が鳴って、箱を運ぶ人々。
突然、寒風が吹き出し、吹雪の中をベルトルト、歩き出す。

風1　一九四一年四月六日、小市民Hはユーゴスラビア、ギリシャに電撃作戦を展開し、占領した。

風2　同年五月三十日、小市民Bはウラジオストークまで二週間かかるシベリア鉄道に乗り込んだ。
ベルトルト　グレーテ、ヒトラーのドイツとスターリンのソ連から逃げ出している僕に追いついてこい。ルーズベルトの国まで逃げて生き延びような。そしてシュベイクの物語をいっしょに書こう。
グレーテ　どう、シベリアの旅は？
ベルトルト　闇が深くて行く先が見えない。おーい、君だ、君だ。道を教えてくれないか。
風3　あんたも道に迷ったか。
ベルトルト　暗くてなんにも見えんのだ。今、マッチをつけてみよう。

と、マッチをつける。
ヒトラーの巨大な影。

ベルトルト　ああ、総統閣下。（敬礼をする）ハイットラー。
ヒトラー（風3）　貴様は何者だ？
ベルトルト　自分は小市民Bと申す下手くそな芝居書きであります。総統のために働きたいと馳せ参じましたが、道はどこでありましょう。
ヒトラー（風3）　それが余にもわからん。冬が今年もまた早く始まりすぎたのだ。目下のところ前も後もかいもく分からぬ。おい、小市民B、わしといっしょに来い。ためしに北へ行くとしよう。
ベルトルト　こっちは雪が腰まできてますよ。

ヒトラー（風3）　しからば南へ。

ベルトルト　死人の山がありますぞ。

ヒトラー（風3）　さらば東へ。

ベルトルト　スターリンが立ちはだかっておりますぞ。

　タイプライターを叩いているグレーテ。

風2　バイカル湖を過ぎた六月四日、ウラン・ウデ駅気付けでモスクワから電報が届いた。

風4　《ツェーデーベー》869列車・同志ベルトルト・ブレヒト。グレーテ、死を望まず生きることのみ考えたり。朝も平静に食事をとり、シャンペンを所望、平静に死せり。アーシャ・ラティス。

風1　グレーテの所持品。亡命地スヴェンボルで撮った写真。旅行用チェスのセット。指輪。最後まで握りしめていたというアメリカのヴィザと船の切符。

風3　グレーテは自分の生活に興味を持ちませんでした。ほころびの直しようのないストッキング、履きつぶしてかかとが斜めになった靴、欠けた櫛。ストックホルムの暖房もない部屋でタイプを叩きすぎて指が腫れ上がっても、ベルトからもらった指輪をはずそうとしませんでした。

アーシャ　「この世の中の仕組みを変えない限り、シェン・テの善意だって生きられない」という主張はブレヒトのものだったけれど、貧しくとも万人を愛そうとし、神に与えられた任務を力の限り果たそうとするシェン・テはグレーテそのものでした。

ベルトルトが歌う。

M-8 **「偉大なバールの賛歌」**（『バール』より）

ベルトルト 頭の上には　空さ
酒でも夢でも　いいさ
紫色した　夜と
アンズ色の　朝と

罪人たち皆　眠る
あいつも裸で　眠る
ただ空だけが　いつも
あいつのこと　抱いた

屍《しかばね》だらけの　町で
あいつは口笛　吹いた
女の股ぐら　見つけ
寝床にする　あいつ

怠けずよろこび　探せ
やりたいこと全部　やるさ
クソさえ無駄にはしない
退屈よりましだ

手にしたものぶち壊し
確かめてみろ　なかみ
ろくなものなどありゃしない
だからいつも自由

泥まみれのもの　全て
そっくりあいつのものだ
この星にはよく　似合う
星は他にないさ

夜の谷底で　ひとり
舌鼓をうつあいつ

草を食いつくし　歌い
　暗い森へ　帰る

風2　一九四一年七月二十一日、ソ連を脱出した小市民Bはカリフォルニア、サン・ペドロ港に到着。

風3　翌、二十二日、小市民Hは独ソ不可侵条約を破棄し、ソ連を奇襲。

風4　九月三日、アウシュビッツで毒ガス処刑が始まる。

風1　同年、十二月八日。日本軍は真珠湾を奇襲し、日米戦が始まる。

【12】享楽の町で（カリフォルニヤ・一九四三）

人々とヘレーネが歌った。

M-9 **「アラバマ・ソング」**（『マハゴニー市の興亡』より）

ヘレーネ　Oh show us the way to the next whisky bar
Oh don't ask me why, oh don't ask me why
For we must find the next whisky bar,
for it we don't find the next bar
I tell you we must die. I tell you we must die!
I tell you, I tell you, I tell you we must die!

Oh! Moon of Alabama we now must say goodbye
We've lost our good old mamma
and must have whisky oh you know why
(refrain)

Oh show us the way to the next pretty girl

Oh don’t ask me why
For we must find the next pretty girl,
for it we don’t find the next pretty girl
I tell you we must die. I tell you we must die!
I tell you, I tell you, I tell you we must die!

Oh! Moon of Alabama we now must say goodbye
We’ve lost our good old mamma
and must have pretty girl oh you know why
(refrain)

カモメの声がする海岸の家。
スーツケースとルート。

ベルトルト　ニューヨークに行く？

ルート　一年中春ばっかりのウェストコーストにいたら、腑抜けになっちまうよ。戦争情報局からナチ占領下のデンマーク向け放送を頼まれたの。自分で台本を書いて自分でお喋りするの。

ベルトルト　僕には君が必要だ。

ルート　台本作りは手紙でやりましょう。
ベルトルト　戯曲は手紙でできるけどさ。
ルート　(誘うように笑って) あなたがニューヨークに来ればいい。ニューヨークなら、ブロードウェイがあるでしょ。
ベルトルト　どのプロデューサーも言うことは同じだ。甘ったるいラブストーリーと軽妙な笑いが一杯詰まって、イデオロギーだけ抜いて二時間二十分。マイアミに別荘がお約束できますとさ。
ルート　世界でもっとも豊かな国で、貧困とは何かを学んでるわけね。キャデラックが渡る橋の下には貧民窟。高級店の路地には娼婦と物乞いの親子。

そこへ、「ただいまぁ」と、荷物を抱えたヘレーネ。

ベルトルト　おーおー。まるで担ぎ屋だね。
ヘレーネ　救世軍のお店に行って子供たちの洋服を買ってきた。ドイツから来たというとすごく親切なの。これ、あなたに似合うと思って。(と、シャツを着せる)
ベルトルト　ルート、ニューヨークに行くんだって。
ヘレーネ　本当?
ルート　私、自分で働いて自分で食べていきたいの。
ヘレーネ　(ベルトルトに着せながら) それはいいわ。……ちょっと短いかな。

ベルトルト　本当に行っちまうのかい。

ルート　じゃ、元気でね。（歩き出す）

ベルトルト　（追いかけて）手紙をくれ。僕の手紙にｄｉｇとあったら君と今すぐ寝たいっていう意味だ。

マイクの前のルート。

ルート　ここニューヨークから五千キロ彼方のデンマークの皆様、お元気ですか。水曜日担当のハドソンの人魚姫がお送りします。

一人でタイプを打つベルトルト。

風3　一九四三年六月、小市民Ｈは、アウシュビッツ強制収容所で、女性の子宮膣部に注射をする方法による去勢手術の実験を開始した。

風2　同年、小市民Ｂは、唯一ハリウッドで映画化された『死刑執行人もまた死ぬ』のシナリオ料を手にするや、ニューヨークに向かい、ルート・ベルラウの子宮に精子を着床させた。

ベルトルト　僕たちの子供が？　本当かい。そりゃきっと、あの古風な白いネグリジェのせいだ。産まれてくる子は男だったら、ミヒェル、女だったらズザンネに決めた。

突然、ルート倒れる。

ベルトルト　あの日君は産まれてくる子を助けてと言い、僕は母親の命を助けてと言った。ルート、君の落胆はわかる。でも、子供も芝居のようなものだ。作った人間は、それが自分のものだと思っている。僕を生んでくれたのは、母親だけど、僕を育ててくれたのは僕の住んでいた社会、僕といっしょに生きてくれた友人たち。たとえば君が僕を育ててくれた。ドイツに帰ったら生みの親を失った子供たちを引き取って自分たちの子供として育てよう。

ヘレーネが、ジャガイモの入ったボールを持ってくる。

ルート　子供は生みの親のものか育ての親のものかという芝居を二人で作るというあなたの提案に元気が出ました。戦乱の中で拾った男の子の名前はミヒェルにしましょう。私は孤児を育てた下女のグルシエの物語に熱中しています。

タイプライターを自分で叩いているベルトルト。

傍らで、ジャガイモの皮をむくヘレーネ。

ベルトルト　今度の寓意劇の舞台をコーカサスにしようと思って、アラブとかアジアのレコードをかたっぱしから聴いている。君の意見が聞きたい。ウェストコーストが、美女の出現を待っているよ。ＤＩＧ。

ルート　子供を拾い、偽装結婚して名字の変わったグルシエが恋人と再会する。

ベルトルト　不貞を疑う恋人に、グルシエは、これは私が産んだ子じゃないって言えない。二人の間には川があるから。

ルート　人は言いたいことをなんでも言葉にできるわけではない。

そこへ、「旦那さん、奥さん」と、マリーが入ってくる。

マリー　てえへんだよ。

ベルトルト　どうした。

マリー　市場じゃあ、大騒ぎだよ。ついに上陸が始まったって。

ベルトルト　場所はどこだ?

マリー　ノルマンディーらしいって。

ヘレーネ　(ナイフを放り出して) キャッホー!

ベルトルト　やったー。ついにペンキ屋の年貢の納め時だ!

ヘレーネ　夢なら覚めるな。

ベルトルト　君の財布と（指して）ここの締まりの良さのおかげで、僕は生き延びたんだ。
ヘレーネ　もう、ハリウッドに脚本を売り込まなくてもすむ。
ベルトルト　ルート、一緒に祝おう。戦争が終わる！
ヘレーネ　私たちは、ベルリンに帰れる！
ベルトルト　僕たちを劇場が待っている！
ヘレーネ　ブレヒトの芝居が観客の前に姿を現す！
ルート　人々は思い出す。ヘレーネ・ヴァイゲルという名女優のいたことを！

傍らで、ルート、タイプライターを打ち出すと、ヘレーネが歌い出した。

M-10 **「難儀の歌」**（『ハッピーエンド』より）

ヘレーネ　つらいめをみなきゃ　偉くはなれぬ
偉い奴ならば　辛さにも耐える
チンピラどもにゃ　我慢は出来ぬ
奴らの苦労なんて　お笑いぐさだ
　弱くはなるな　弱気はおこすな
苦しくても　心を鬼にしろ

ケチな奴はすぐ騒ぎ立てる
でも偉い奴はうろたえはしねーぞ
弱くはなるな　弱気をおこすな
情けなんかにまけるな
横面殴りとばせ

【13】二十世紀の終わりに（カリフォルニヤ）

風が銅鑼を打った。

風3　一九四五年四月三十日、小市民Hは愛人エヴァ・ブラウンとベルリンの地下壕で自決。享年五十六。

風4　同年、小市民Bの『ガリレオ・ガリレイの生涯』上演の話が持ち上がった。

風2　主演はアメリカ演劇の大スター、チャールズ・ロートン！

風4　英語ができないブレヒトとドイツ語ができないロートンとの間にルート・ベルラウが入って翻訳作業が進められた。

マリーがベルトルトに新聞を渡す。

風1　八月十五日、日本がポツダム宣言を受諾し、第二次世界大戦は終わった。

ベルトルト　『ガリレオ』は、書き直さなきゃ上演できない。

ルート　上演できない？

ベルトルト　僕たちの二十世紀は、

ルート　民衆と科学が主役。

ベルトルト　……になるはずだった。（新聞をルートに渡す）『ガリレオ』は、全面的な書き直しだ。

ルート　（新聞を見る）ヒロシマって日本の町？

死者たちが、コートを脱いだ。

ベルトルト　グレーテ、どうすればいい。自己犠牲の倫理にしか希望はないのか。

タイプを打つグレーテ。

グレーテ　また、そんな難しい言葉を使う。何度も言ってるでしょう。あなたが、デンマーク語が解らなかったように、労働者はそんな言葉が解らないの。いいですか。ガリレオは学者や法王庁で使われるラテン語でなく庶民にも解るイタリア語で書いたからこそ、異端審問所に呼び出されたのよ。

ベルトルト　グレーテ。宗教裁判にかけられたガリレオが地動説を撤回すれば、合図に教会の鐘が鳴ることにしよう。ローマだとどこの教会の鐘を鳴らせばいい？

グレーテ　（資料を見て）聖マルコ教会です。

ベルトルト　ローマのフィレンツェ公使の屋敷で、ガリレオの三人の弟子、アンドレアとフィデルツォーニと僧侶がチェスを打ちながら待っている。ガリレオの娘ヴィルジニアは父が地動説を覆して生きながらえることを神に祈っている。約束の時間は五時だ。

ベルトルト　フィデルツォーニが日時計を見る。

オットー　五時だ。

ヴァルター　奴らは真理の首を切ろうとしている。

グレーテ　「天にましますわれらが父よ。……御心の天にあるごとく地にきたらせたまえ。主と聖霊と御子の名において　アベ・マリア」

グレーテが祈っている。

オットー　なんにも聞こえない。

ヴァルター　先生は抵抗している。

オットー　あの方は拷問にうち勝ってんだ。ああ、俺たち弟子は幸福者だ。

セルゲイ　あの方は地球が太陽の周りを回っている事実を取り消さない。

ヴァルター　取り消すものか。（抱き合う）

オットー　権力は全能ではないんだ。死をも恐れぬ人間に無知が負けたのだ。

グレーテ　主よ、お守りください。

ヴァルター　石責めの拷問に遭っていた人間が頭を高くもたげて、生きるとはこういうことだと高らかに叫ぶのだ。たった一人の人間が立ち上がって否と言っただけで、こんな素晴らしいことが手に入ったのだ。

その瞬間、鐘が鳴る。一同、こわばったように立ちつくす。

グレーテ　聖マルコの鐘が。お父様は救われた。

ベルトルト　広場からガリレオの学説撤回を報告する役人の声が聞こえる。「私ことガリレオ・ガリレイは地動説というこれまでの私の教えを捨てることを誓います」

オットー　あの人は俺の労働にまっとうな金を払ったことなどいっぺんもなかった。

ヴァルター　英雄を持たぬ国は不幸だ！

そこでベルトルト、入ってくる。

ベルトルト　ガリレオはゆっくりと、だが目の悪いせいで不確かな足取りで出てきて腰掛ける。

ヴァルター　俺はあいつを見るのもいやだ。出ていったらいいんだ。

セルゲイ　落ち着けったら。

ヴァルター　飲んだくれ。いじきたなし！　貴様の胃袋だけは救えたってわけか。

ベルトルト　この男に水をやれ。……アンドレア、違うぞ。英雄を必要とする国が不幸なのだ。

拍手。

花束を持ったベス。

ヘレーネ　エリーザベト！

ベス　街で、コロネ劇場の芝居のポスターを見たら、チャールズ・ロートン主演ってあるじゃない。そして……作ベルトルト・ブレヒト……。文字が滲んでると思ったらあたしの涙。科学兵器の開発で戦争に勝利したアメリカで科学者の責任を追及するなんて、ベルトじゃなきゃやらないわ。

ヘレーネ　チャールズ・ロートンは台本作りから一年もつき合ってくれたから。

ベス　どこの国に行っても、かならず協力者を捕まえるのはベルトの特技。

ヘレーネ　それも、ただ働きの。

ベス　あなたよ、ベルトに芝居を書かせたのは。二十年前、あなたたちがつき合いだしたときに私は、言った。

ヘレーネ　ブレヒトは資本家じゃないから、剰余価値を搾取したりしない。でも、いっしょにいるとあんたの人生を搾取するわ。皺が増えたし、神経痛も出るようになったわ。

ベス　十五年かかって、ヤンキー女が一人増えただけ。ベルリンでみんなと過ごした十年間を懐かしんでる自分が情けなくて。私ずっと変だと思ってた。あなたが自分の亭主のことをブレヒトって呼ぶのが。そう。あなたはベルトルトという個人には興味がないのね。

ベルトルト、やって来る。

ベルトルト 金の匂いをかぎつけるに長けたプロデューサーがマチネーを観てね。秋にニューヨークへ持っていきたいって言うんだ。十時にレストランを予約してくれ。ガリレオだから、ヴィスコンティーの店でカルパッチョでも食うか。

ヘレーネ ルートと三人ですか。

ベルトルト いや、お金の話が絡むから、ルートの通訳じゃ危ない。

ベス あたし、無給の通訳を知ってるわよ。

ベルトルト ベス！

ベス マルキストが、資本主義国に逃げてたなんて知らなかった。

ベルトルト 相変わらず綺麗だよ。

ベス 相変わらずギャラは口先だけなのね。

ベルトルト この国には、君好みのやり方で愛してくれる男はいるのかい。

ベス 自分勝手なくせに、女の男出入りを気にするなんて矛盾している。

ベルトルト そう。矛盾があるから、人間も社会も変革される。

風たちがどよめいて鉄格子をベルトルトの前に引いてくる。

風1　フィレンツェの小市民ガリレオ・ガリレイは、一六一五年、ローマの異端審問官に告発された。

風4　一九四七年十一月、小市民Bは非米活動委員会からの召喚状を受け取る。

風1　ミスター、ベルトルト・ブレヒト。貴殿をワシントンに召喚する。非米活動委員会議長パーネル・トマス。

場面は、裁判劇に変わった。
逝った人々がベルトルトを取り囲む。

風3　あなたは過去に、共産主義を擁護する戯曲を書きましたね。

ベルトルト　さあ、どの戯曲のことでしょう。

ヘレーネ　一九三〇年、ブレヒトはソ連の作家マクシム・ゴーリキーの『母』という革命運動家を主人公とする戯曲を書きました。

ベルトルト　モシモワタシガ、革命家ダトスレバ、ソレハ、なちすニ対スル革命家デス。確カニ私ハひとらー政権ヲ転覆サセヨウト思イ、ソノヨウナ戯曲モ書キマシタ。

風3　あなたはマルクス主義者だという証言があります。

ベス　ブレヒトに、資本主義世界では人間が金と物のために自分を見失っていると主張するマルクス主義を教えたのは私です。

ベルトルト　ワタシハ劇作家デス。演劇ヲツクル者、イツモソノ時代ノ観客ガ関心ヲモツ考エヲ知リ、研究ヲシナケレバ仕事ハデキマセン。

風3 あなたの演劇『ガリレオ・ガリレイ』のアメリカ国民に対するメッセージは、ファシズムと戦った合衆国政府を誹謗するものではありませんか。

ベルトルト ヒボウ？ ドウイウ意味デショウカ。私ハ外国人デス。モウ少シヤサシイ英語デオ願イシタイノデスガ。

風3 参考人、アメリカ版『ガリレオ・ガリレイ』上演の際のブレヒト氏のメッセージを読んでください。

セルゲイ、現れる。

セルゲイ セルゲイ・トレチャコーフ、一九三九年、日本のスパイと共謀したという罪により銃殺刑に処せられました。（読む）人類は科学技術の発達によって、過酷な労働から解放され、輸送機関が飛躍的に発達しました。科学者たちのお陰で人類はこの世にパラダイスを築くことができるように思われました。今回、私が居候をさせていただいているご当地のお客様のために、アメリカ版『ガリレオ』を書き直している最中に、原子力という最新の科学技術がヒロシマでデビューしました。

ヴァルター ヴァルター・ベンヤミン。一九四〇年、アメリカへ亡命の途中、スペイン国境で服毒自殺しました。（読む）日本との戦争は、アメリカに多くの犠牲をもたらしました。アメリカの若者たちはここ西海岸から出発し、負傷したりアジアの風土病の犠牲になってここに帰ってきました。原爆投下の号外がロスアンジェルスに届いたとき、人々はこの一撃で呪わしい戦争が終わり、息子や兄弟たちが帰還することを知りました。

アーシャ　アーシャ・ラティス。一九四一年、ドイツ人と共謀し、反逆行為に参画したという容疑でラーゲリに送られました。（読む）しかし、この街は深い悲しみに覆われてもいたのです。……『ガリレオ』の作者である私は、バスの運転手や売店の娘たちが原爆の恐ろしさを口にしているのを聞きました。

ヘッラ、出てくる。

ヘッラ　ヘッラ・ヴォリヨキ。独ソ戦開始とともにナチス側に立ったフィンランド政府によって、国家反逆罪で終身刑の判決を受けました。（読む）たしかに勝利でした。でも、恥ずべき敗北でした。原爆を製造し、敵国に投下した後、この絶大なエネルギー、核の秘密が軍当局と政治家に独占されるようになり、知識人たちを激昂させませました。そのとき、私は十年ほど前に書いたガリレオ・ガリレイの物語を書き直す決心をしたのです。

ヘレーネ　ブレヒトが亡命先のデンマークで海鳥の声を聞きながら、このガリレオの物語を書き始めたのは十年前、ウィーンに住む私の両親が強制収容所に送られた頃のことです。

オットー　オットー・ヴァイゲル。一九四三年十二月、マウトハウゼン収容所でガス室に送られました。（読む）私は私の同胞がヒトラーの命令に従って他の民族の自由と命を奪った事実を前にして、自分の体に流れるアーリア人種の血の中に強烈な毒が潜んでいるのではないかと鏡を見ました。しかし、合衆国が原爆を同類である人類に使用したニュースを聞いたときは、そもそも人類なるものが、誕生のときから悪性の因子をもってこの地球上に現れたのではないかと思いました。私にはそうとしか考えられないのです。

心配して待っていた人々。
ルートとベルトルト。

ヘレーネ　喚問はどうでした。
ベルトルト　この社会の仕組みを科学的に分析し、変革しようとする人々を異端として断罪する国は自由主義の国とは言えない。……なんて主張はしなかったよ。英雄になるより、生き延びることが重要だからね。
ルート　どうするつもり、『ガリレオ』のニューヨーク公演、五週間後よ。
ベルトルト　ニューヨーク公演は君に任せる。
ルート　グレーテはモスクワに、私はニューヨークに置いてきぼりですか。
ベルトルト　（グレーテの側によって）十四場にガリレオが弟子のアンドレアに語る台詞を書き足すぞ。
グレーテ　どうぞ。

ベルトルト　「もし、科学者が、己の利益のみを求める権力者におどかされて、ただ知識のための知識を積み重ねようとするならば、科学は不具《かたわ》にされ、君たちの発見する機械は新しい圧制の道具にされてしまうだろう」。いつか君たちの喜びの叫びが世界中の人間の恐怖の叫びでかき消されるようなことも起こるかもしれない。台本の送り先はチューリッヒだ。

グレーテ、タイプから原稿を外し、例の箱に詰める。女たちが、箱を運んだ。

風1　一九三三年から十五年、小市民Hから逃れた小市民Bとその協力者たちが、亡命の間に書き上げた作品。『小市民七つの大罪』

風4　『ホラティア人とクリティア人』

風2　『丸頭ととんがり頭』

風3　『カラールのおかみさんの銃』

風1　『第三帝国の恐怖と悲惨』

風4　『ガリレオ・ガリレイの生涯』

風2　『セツアンの善人』

ヘレーネ　『肝っ玉おっ母とその子供たち』

ヘッラ　『プンティラ旦那と下僕マッティー』

ヴァルター　『ルクルスの審問』
セルゲイ　『おさえれば止まる　アルトロウィの興隆』
アーシャ　『シモーヌ・マシャールの幻影』
ベス　『第二次世界大戦中のシュベイク』
ルート　『コーカサスの白墨の輪』
ベルトルト　ガリレオが宗教裁判所の囚人として『新科学対話』を発表のあてもなく書いたのは一六三三年から四二年までの九年。
ルート　一六三七年、弟子のアンドレアはガリレオ主要著作をイタリアからこっそり運び出すことに成功する。
ベス　一九四七年十二月、ブレヒトとその仲間たちが書いた厖大な日記と詩篇、そして戯曲の草稿がロスアンジェルス空港の手荷物検査場に着いた。

空港のアナウンスが聞こえる。

グレーテ　スイス航空６０８便にご搭乗の皆様は８番ゲートにお進みください。

そこへ、十七世紀の国境警備官と書記が出てくる。

国境警備官（風1）　これで全部か。

書記（風2）　全部です。

少年（風4）　ねえ。人間が空を飛ぶなんてことできるの？

ヘレーネ　そうね、ちょっと待ってね。

警備官（風1）　よし、通ってもよろしい。


御者が荷物を受け取って行こうとする。


警備官（風1）　待て。その箱は何だ。

ヘレーネ　（原稿を手にして）みんな原稿です。

少年（風4）　こいつは魔女のもんだぜ。

警備官（風1）　（笑って）魔女が箱を空に飛ばしに来たって言うのか。（書記に）開けろ。何冊あるんだ。


木箱を開ける。

ヘレーネ　数えますか。
書記（風3）　警備官殿、あまり手間取ると朝食の時間がなくなりますが。

警備官（風1） さぞやいろんなことが書いてあるんだろうな。ま、いい。持って行け。

ヘレーネは木箱を担いだ御者とともに国境を越える。
望遠鏡を覗いているベルトルトが浮かんだ。

ベルトルト 僕たちは靴を履き替えるように国を変えて生き延びてきました。どこの町に行っても、ヘレーネは真っ先にベルリンにあったような大きな机を買い入れるために古道具屋に走りました。

楽士たち、礼をする。

ベルトルト デンマークを立ち去る日にグレーテは、机にナイフで文字を彫りました。「きみだ、戦争を望むのは。それを書き付けた者は、もう生きてはいない」と。ルートはフィンランドで手に入れた大きな机の年輪を数えて、この木は十九世紀の初めに生まれて百年生きたのよと言いました。凍てつく北国では、一年のうちに少ししか大きくなれないのです。……そして、このサンタモニカの最後の机には、戦争の終わった日に、ヘレーネと踊った靴の跡が付いてしまいました。僕と僕の仲間たちは、この机に集まって討論をし、詩を書いたりタイプライターを打ったりしました。でも、あの報せを聞いたとき、僕はヘリが亡命の……正確に言えば四千四百日と六日、朝昼晩の食事をこの机に用意してくれたことを思い出していたのです。

ベルトルトが歌った。

M-11 **「風が吹くままに」**

ベルトルト 女の子と寝るときは
よく確かめておくこと
唇ひらき乳房ゆれて
何がいつ起きるのか

よく見ることだ
そこにあるすべてを
風が吹くままに

計画をたてるときは
よく確かめておくこと
自由のためのたたかいに
何がいつ役立つか

よく見ることだ
街にあるすべてを
風が吹くままに

たたかいと恋人を
同じように求めながら
人々のことを思う
感動もなく　たのしみも
見つけられない苦しみを

一九四八年、東ベルリンに帰ったブレヒトは、ヘレーネ・ヴァイゲルとベルリーナ・アンサンブルを結成した

ドイツに帰ったルートはブレヒト文庫と資料出版の仕事を引き受け、ベスはブレヒトと『ドン・ジュアン』『太鼓とラッパ』改作を手がけた

一九五六年、ブレヒトは死去するが、ヘレーネ・ヴァイゲルは一九七一年の死までブレヒト作品を上演し続けた

—完—

上演記録

「ジョルジュ」

●世田谷パブリック・シアター
●一九九九年六月四日(金)〜六日(日)
■スタッフ
作　斎藤　憐　音響　市来邦比古
演出・美術　佐藤　信　演出助手　澤田　康子
照明　西村　充　舞台監督　芳谷　研
■キャスト
♯組　ジョルジュ　鳳　蘭　♭組　ジョルジュ　渡辺美佐子
ミッシェル　近藤　正臣　ミッシェル　村井　国夫

「ブレヒト・オペラ」

●新国立劇場小劇場
●一九九九年十月二十二日(金)〜十一月二日(火)

■スタッフ

作　斎藤　憐
演出・装置　佐藤　信
音楽監督　清水　一登
歌詞　岩淵　達治
照明　斎藤　茂男
衣装　宮本　宣子
効果　市来邦比古
演出助手　川畑　秀樹
舞台監督　北村　雅則
制作　渡辺　江美
友谷　達之
演劇制作体地人会

■キャスト

ベルトルト　村井　国夫
ヘレーネ　鳳　蘭
ベス　田根　楽子
グレーテ　楠　侑子
ルート　春風ひとみ
ヴァルター　小日向文世
アーシャ　中川　安奈
セルゲイ／ローベルト　近石　真介
ヘッラ／マリー　中村　たつ
オットー／風1　可知　靖之
ヨハンナ／風2　岩井ひとみ
風3　武井　忠明
風4　山口　智恵
アコーディオン演奏　佐藤　芳明
永岩　和子
土生　英彦
パーカッション演奏　富川　賞子

あとがき

一九九九年に演出家の佐藤信さんと二本の芝居を創った。

佐藤さんとは一九六六年に「自由劇場」を、一九六八年に「演劇センター68／71」を創立した。が、自由劇場時代、僕の作品は観世栄夫さんが演出してくださり、信さんとは一緒に仕事をしていない。黒テントの旗揚げ公演『翼を燃やす天使たちの舞踏』の四人の作家の中に名前は入っているものの、僕はもっぱらテントを造る作業と地方への先乗りの係りで、芝居の素材を作家部屋に提供したにすぎなかった。

一九九八年、信さんから結城人形座の上演台本を委嘱され『昭和怪盗伝』を書いた。俳優座養成所の三年目、初めて書いた『黎明のような』という習作を信さんが演出してくださって以来だから、三十三年ぶりの再会だった。

そして昨年、俳優座養成所の卒業生の方々が千田是也を追悼する芝居をやろうと集まられ、企画が二転三転する中、養成所卒業生の末っ子に当たる僕と信さんに作、演出を担当せいとの仰せが下った。

「千田是也ならばブレヒトだろう」との僕の思いに信さんは賛同してくださったが、巨星ブレヒトと千田是也の二人から「お前らに二十世紀が書けるの？」と脅され、久しぶりに台本が難航した。ブレヒトの名作の数々がどのようにして生まれたかばかり考えていた僕に、信さんは「ブレヒトの引用でなく、お前の台詞を書け」と助言をくださり、なんとか稽古に入ることができた。そして、僕や信さんより、ずっと先輩の俳優さんたちが加わってくださり、なんとか幕が開いた。

いったんは無期延期になったこの『ブレヒト・オペラ』の制作を、厖大な赤字を承知の上で引き受けてくださった地人会の木村光一さんに感謝している。

『ジョルジュ』は、ドラマ・リーディングと音楽コンサートのジョイントという僕の提案に、これまで「パブリック・シアター」で数々のドラマ・リーディングの可能性を試みて来られた信さんが乗ってくださって、上演の運びとなった。

一つの台本が、その時々に集まった俳優さんやピアニストの方によって、いろんなふうに輝くのをはじめて体験した。これからも、数々の俳優さんやピアニストの方との出会いの場になってくれることを願っている。

ジョルジュ／ブレヒト・オペラ

2000年5月25日　第1刷発行

定　価　本体1500円＋税
著　者　斎藤憐
発行者　宮永捷
発行所　有限会社而立書房
東京都千代田区猿楽町2丁目4番2号
電話 03（3291）5589／FAX03（3292）8782
振替 00190-7-174567
印　刷　有限会社科学図書
製　本　大口製本印刷株式会社

落丁・乱丁本はおとりかえいたします。

ISBN 4-88059-268-4 C0074